Joe Schreiber

Wiedersehen in Harry's Bar

Thriller

Aus dem amerikanischen Englisch
übersetzt von Gerald Jung

atb aufbau taschenbuch

Die Originalausgabe erschien 2012 unter dem Titel
Perry's Killer Playlist
bei Houghton Mifflin Harcourt Publishing Company,
Boston

MIX
Papier aus verantwortungsvollen Quellen
FSC® C083411

ISBN 978-3-7466-2959-9

Aufbau Taschenbuch ist eine Marke
der Aufbau Verlag GmbH & Co. KG

1. Auflage 2013

Published by special arrangement with
Houghton Mifflin Harcourt Publishing Company
Umschlaggestaltung und Illustration Nele Schütz Design
Druck und Binden CPI – Clausen & Bosse, Leck
Printed in Germany

www.aufbau-verlag.de

Für den erstaunlichen Ed –
Ich kann es kaum erwarten, bis du alt genug bist,
um das hier zu lesen.

Inhalt

Prolog

»American Idiot«

– Green Day

»Erschieß mich nicht.«

Dreihundert Meter über dem Erdboden im pfeifenden Novemberwind ist es nicht ganz einfach, sich klar und deutlich auszudrücken, schon gar nicht, wenn man den Lauf einer 9-Millimeter-Glock im Mund stecken hat. So was steht in keinem Reiseführer.

Gobi zieht die Automatik wieder zwischen meinen Lippen hervor. Ihre Augen glitzern und glänzen. Ich denke daran, was sie mir in Venedig gesagt hat, was sie letzte Nacht im Hotel gesagt hat. Es kommt mir alles schon ewig lange her vor.

Sie lächelt. In ihrem Gesicht sind Blut und Lippenstift verschmiert. Tief unter uns bricht sich blaues Blinklicht vom Champ de Mars am Stahlgerüst des Eiffelturms, das im Regen wie verzogen aussieht. Hinter Gobi sehe ich die Gendarmen auf der anderen Seite der Aussichtsplattform mit ihren automatischen Waffen stehen und in der Sprache der Liebe irgendwas zu uns herüberbrüllen. Von den zwei Jahren in Mrs Garveys Französischkurs ist immerhin so viel hängengeblieben, dass ich »Polizei« und »ergebt euch« verstehe.

»As tave myliu«, *sagt Gobi. Mit ihrer freien Hand streicht sie mir das nasse Haar aus dem Gesicht. Ihre Finger sind eiskalt. »Deine Haare werden langsam zottelig,* mielasis.*« Dann richtet sie die Pistole wieder auf meinen Kopf.*

»Sag mir nur, was du mit meiner Familie gemacht hast.«

Ich flehe sie jetzt an, winsele fast, aber es ist mir egal. »Sag mir einfach nur, wo sie sind.«

»Tut mir echt leid, Perry.« Mit fast unhörbarem Klicken entsichert sie die Waffe. »Au revoir.«

1

»All These Things That I've Done«

– The Killers

»Hab ich dir gefehlt?«, fragte sie.

Ich beugte mich vor, um ihr den Rest Ahorn-Toffee-mit Schokostücken von der Oberlippe zu küssen, unbestreitbar der beste Eisgeschmack im ganzen Universum. Außer uns beiden war niemand mehr am Strand, und wir standen barfuß neben den Picknick-Tischen des Twin Star an der Route 26 und sahen zu, wie die grauen Oktoberwellen heranrauschten und sich am Strand brachen.

Ich und Paula.

Es war Herbst, die beste Zeit im ganzen Jahr für diesen windumtosten Küstenabschnitt, den sich Connecticut mit dem Meer teilte. Der Strand links und rechts von uns war verlassen, eine sanfte, langgezogene Sandbucht mit Seegras und schiefen Zaunlatten, denen das raue Atlantikwetter schon jahrzehntelang übel zusetzte. Im Sommer war hier alles voller Familien mit kleinen Kindern, Teenagern, Fahrradfahrern, Liebespärchen – sogar meine Eltern hatten sich einmal hier verabredet, jedenfalls wird es in unserer Familie immer wieder erzählt. Aber jetzt war alles hier angenehm verlassen. Der Parkplatz war fast leer, die Toiletten waren alle abgeschlossen, die Saison war vorbei. Nur noch wir zwei waren übrig und der Typ von der Eisbude, der lieber jetzt als später sein handgemaltes Schild mit der Aufschrift BIS ZUM NÄCHSTEN SOMMER! ins Fenster gehängt hätte.

Hoch über uns kreischten und kurvten die Möwen durch den metallgrauen Himmel. Sie hörten sich verloren und weit weg an, und wir standen barfuß im kalten nassen Sand.

Paula schlang die Arme um sich und schüttelte sich. »Es ist frisch.«

»Warte.« Ich zog mein Columbia-Sweatshirt aus und legte es ihr um die Schultern. »Besser so?«

»Was für ein Gentleman.« Sie lächelte und ließ den Blick über den Strand schweifen. In der Hand hielt sie noch das Handy, weil sie gerade ein Gespräch beendet hatte. »Und, willst du die große Neuigkeit erfahren?«

»Ich dachte schon, du rückst überhaupt nicht mehr damit heraus.«

»Ich dachte schon, du fragst nie danach.«

»Dann frage ich hiermit offiziell.«

»Ich habe gerade mit Armitage gesprochen … Er will Inchworm buchen …« Sie machte eine kleine Pause und ließ mich noch einen Sekundenbruchteil länger warten. »Und zwar für die ganze Tour.«

»Europa?«

»Zwölf Städte in achtzehn Tagen.«

»Das gibt's doch nicht!« Ich musste laut lachen. Sie packte mich, und ich drückte sie fest an mich, hob sie hoch und wirbelte sie im Kreis herum. »Das ist einfach unglaublich, Paula!«

»Ich weiß!« Ihr Lächeln verwandelte sich in ein breites Grinsen, und ich sah alle elf Sommersprossen auf ihrem Nasenrücken. Ich hatte sie mal gezählt, als wir letzten Monat im Vergnügungspark in der Schlange für eine der Fahrten gestanden hatten.

»Wie kommt das denn?«

»Ich hab dir doch gesagt, dass die neuen Songs toll sind, Perry. Armitage hat euer Demo gehört und ist ausgeflippt.« Sie hielt mich jetzt fest an den Händen und hüpfte vor Aufregung auf und ab. Ihre Zehennägel waren pflaumenfarben bemalt, ziemlich dunkel, fast schwarz, und sahen im Kontrast zum Sand phantastisch aus, zehn kleine schwarze Tasten wie die, auf denen man Ragtime spielt. »Er bucht euch für eine Tour durch zwölf Städte, am neunundzwanzigsten geht's in London los, dann Venedig, Paris, Madrid …« Paula holte ihr Handy hervor und drückte aufs Display. »Hier stehen alle Termine.«

»Das ist ja nicht zu fassen«, sagte ich. »Ich kann es kaum erwarten, mit dir durch Europa zu ziehen.«

Sie seufzte leise und ließ die Schultern sacken. »Schön wär's.«

»Was denn … Kommst du nicht mit?«

»Armitage braucht mich hier in New York. Ich muss Anfang Dezember wieder im Studio sein. Moby nimmt ein neues Album in L. A. auf, und …« Sie sah meinen Gesichtsausdruck. »He, vielleicht schaffe ich es ja übers Wochenende nach Paris.«

»Das wäre schön.«

»Perry, das ist *die* Gelegenheit für eure Band. Wenn es hinhaut …«

Ich lächelte. »Das hätte ich ohne dich nie geschafft.«

»Ach, hör schon auf!«

»Nein, ehrlich«, sagte ich. »Du hast das alles möglich gemacht.« Ihre blauen Augen blitzten, verschwanden und tauchten immer wieder auf, während ihr der Wind die Haare vor dem Gesicht hin- und herwehte. Sie hatte den

Großteil des Sommers bei ihrer Mutter in L. A. verbracht und sich die Bräune irgendwie bis in den Herbst bewahren können, weshalb ihr blondes Haar sogar noch blonder aussah. »Aber wir wissen alle, wer die Lorbeeren eigentlich verdient.«

»Hör schon auf.«

»Du hast die ganzen neuen Songs geschrieben, Perry.«

»Norrie und ich haben sie gemeinsam geschrieben.«

»Dann sind Norrie und du die nächsten Lennon und McCartney«, sagte sie. »Und das kann ganz Europa schon bald selbst hören.«

»Das ist wirklich unglaublich.«

»Ich weiß.« Als sie den Anflug von Sorge in meinen Augen sah, verdüsterte sich ihr Gesicht ein wenig. »Was hast du?«

»Nichts … Tolle Neuigkeiten, ehrlich.«

»Stormaire …«

Ich lächelte. »Ich würde mich nur noch viel mehr freuen, wenn du mitkommen würdest.«

»Du bist süß.« Sie küsste mich wieder, und diesmal dauerte der Kuss länger, ihre Lippen ruhten warm und weich auf meinen, ihre Haare kitzelten mich an den Ohren.

»Ich weiß.«

Sie sah mich an. Wir waren seit nicht mal drei Monaten zusammen, aber ich hatte ihr alles gesagt, und sie las in mir wie in einem Buch.

»Europa ist ein großer Kontinent, Perry.«

»Ich weiß.«

»Du weißt nicht mal, ob sie dort ist.«

»Stimmt.«

»Du läufst ihr bestimmt nicht über den Weg.«

»Ich habe doch nicht gesagt –«

»Das brauchst du nicht.«

»Ich habe es nicht mal gedacht.«

»Ich weiß schon, warum ich dich nicht nach Litauen schicke«, sagte Paula und drückte meine Hand. »Jetzt komm, mir ist kalt. Wir gehen ein Stück.«

2

»Ever Fallen in Love«

– Buzzcocks

Paula und ich hatten uns Anfang August kennengelernt, bei einer Party in Park Slope, ziemlich bald nachdem ich Gobi zum letzten Mal auf den Stufen der Columbia-Uni gesehen hatte. Wie sich herausstellte, kannte ich nicht viele Leute auf dieser Party, es war so ein Freund-eines-Freundes-der-eigentlich-gar-kein-richtiger-Freund-ist-Ding. Irgendjemand spielte ständig alte Elton-John-Stücke auf der iPod-Dockingstation, und ich wollte mich schon wieder verabschieden, als eine Stimme, die ich noch nie gehört hatte, »Hey« sagte.

So fing es an, als Stimme hinter meiner Schulter, eine Stimme, die ein wenig heiser und unbekannt und amüsiert klang. »Du bist dieser Typ«, sagte die Stimme.

Ich drehte mich um und sah sie an. In meinem Kopf ratterten die Zahnräder. Auf einer Wandtafel hätte die Gleichung ungefähr so ausgesehen:

(blondes Haar) + (blaue Augen) x (mega Body)
= Finger weg

Trotzdem war da diese Frau, ein bisschen älter als ich und deutlich heißer, und sie sah mich nicht nur an, sondern schien tatsächlich interessiert zu sein.

»Wie bitte?«

»Ich habe dein Foto in der *Post* gesehen«, sagte sie. »Du bist Perry Stormaire, stimmt's?«

»Ja.«

»Du bist der Typ, dessen Elternhaus in die Luft geflogen ist.«

»Mhm.«

»Das war der Wahnsinn.«

»Stimmt«, erwiderte ich, weil ich nie weiß, was ich in solchen Situationen sagen soll. Sie bezog sich auf das, was vor drei Monaten in der Nacht von meinem Highschool-Abschiedsball passiert war. Die Nacht, in der sich herausstellte, dass die Austauschschülerin aus Litauen – ein Mädchen namens Gobija Zaksauskas – in Wirklichkeit eine Auftragskillerin mit einer Liste voller Namen war. Ich hatte die Nacht mit Gobis Pistole an der Schläfe verbracht, und gemeinsam waren wir im Jaguar meines Vaters durch New York City gerast, während sie ihre Auftragsliste komplett abarbeitete, einen nach dem anderen killte, und am Schluss auch noch mein Elternhaus in die Luft flog. Diese Nacht als »Wahnsinn« zu bezeichnen, war höchstwahrscheinlich eine krasse Beleidigung gegenüber allen Geistesgestörten.

»Wie geht es deiner Familie?«

»Soweit alles in Ordnung.«

»Und die Leiche dieser Frau ist nie gefunden worden?«

»Sie ist verbrannt«, sagte ich. »Jedenfalls glauben das alle.«

»Wow.« Sie überlegte einen Moment, dann fiel ihr wohl ein, dass sie sich noch nicht vorgestellt hatte. »Ich heiße Paula Daniels.«

Sie reichte mir die Hand, und ich schüttelte sie lächelnd und irgendwie verunsichert, so wie sich Leute die Hände schütteln, wenn sie flirten, und da fiel mir auf, dass mit uns genau das passierte. Als ein paar Leute sich an uns vorbei durch die Tür schoben, rückte Paula ein Stück näher an mich, ihre nackte Schulter streifte meinen Arm, und der Partylärm ringsum wurde zu einem diffusen Hintergrundrauschen, als würden nur wir zwei dort stehen und uns unterhalten. In diesem Moment geschah etwas. Es war wie dieser schwerelose Augenblick, in dem man plötzlich nicht mehr ängstlich ans Fahrradfahren denkt, sondern einfach Fahrrad fährt.

»Darf ich dich was Persönliches fragen?«, sagte sie.

»Klar.«

»Stimmt das alles?«

»Machst du Witze?«, sagte ich. »So was hätte ich mir nie ausdenken können.«

»Es ist mir gleich so vorgekommen.« Der Hauch eines Lächelns huschte über ihre Mundwinkel und war auch in ihren Augen zu erahnen, wo er ein sanftes inneres Leuchten hervorrief, das ich fast hören konnte wie das leise Klingeln einer gerade eingetroffenen SMS. »Ich bilde mir einiges darauf ein, dass ich die Wahrheit von Schwachsinn unterscheiden kann.«

»Ein seltenes Talent«, sagte ich.

»Nicht mehr so erstaunlich, wie es früher mal war.«

»Vielleicht hättest du Detektivin werden sollen.«

Sie lachte fröhlich und ungekünstelt. »Das fragen dich die Leute bestimmt sehr oft.«

»Was?«

»Na – wahr oder ausgedacht?«

»Eigentlich nicht«, antwortete ich. »Schon komisch, aber den meisten Leuten scheint es egal zu sein.«

Genau so war es. Sie hatten gelesen oder im Fernsehen gesehen, was mir und Gobi an jenem Abend in New York passiert war, hatten darüber in ihren Blogs geschrieben, alles weitergeschickt und auf Facebook »geliked« und darüber getwittert. Was die amerikanische Öffentlichkeit anging, war das, was uns in dieser Nacht passiert war, die Wahrheit, einer dieser unwahrscheinlichen Fetzen »Realität«, der sich in unserer Nach-MTV-Welt wie ein Virus verbreitete, von jedem mehr oder weniger akzeptiert wurde, und dann mit der nächsten Neuigkeit wieder ins Vergessen geriet.

»Dann bist du also nicht von der Polizei«, sagte ich.

»Nein.«

»Was machst du sonst so, außer die *Post* zu lesen und in Brooklyn auf Partys zu gehen?«

Sie lächelte und hob eine Augenbraue. »Hat das Leben denn noch mehr zu bieten?«

»Kommt wahrscheinlich drauf an, wen du fragst.«

»Allerdings. Ich arbeite jedenfalls in der Musikbranche.«

Ich spürte, wie mein Herz einen kleinen Satz machte, denn diese Unterhaltung bewegte sich jetzt eindeutig in die Richtung Zu-schön-um-wahr-zu-sein. »Ach. Im Ernst?«

»Ja.«

»Das ist ja witzig«, sagte ich. »Ich spiele nämlich in einer Band.«

»Inchworm.« Paula nickte. »Das weiß ich aus dem Artikel.«

»Genau.« Ich dachte mir, dass ich mich echt in dieses Mädchen verlieben könnte. »Na ja, also … äh … wir haben uns abgesprochen, dass wir vor dem College alle ein Jahr Pause machen, einfach um mal zu sehen, ob wir was reißen können. Wenn nicht …« Ich zuckte die Achseln.

»Wenn ihr es nicht versucht, werdet ihr euch ewig darüber ärgern.«

Ich nickte. »Stimmt.«

»Schick mir doch mal ein Demo vorbei.«

»Im Ernst?«

»Klar. Ich arbeite für diesen Veranstalter aus Europa, George Armitage –«

»Warte mal«, sagte ich. »Meinst du *den* George Armitage?«

»Ja. Genau.«

»Du machst wohl Witze? Armitage ist zurzeit der heißeste Veranstalter auf der ganzen Welt. Seit dem Enigma-Festival letzten Sommer in England jedenfalls, außerdem gehört ihm eine eigene Fluggesellschaft … Und du arbeitest für diesen Typen?«

Paula lächelte. »Ja, ich bin sozusagen die Verbindung zwischen ihm und den Plattenfirmen. Ich stehe auf seiner Gehaltsliste, aber die Hälfte meiner Zeit verbringe ich in L. A. und arbeite mit neuen Bands im Studio. Sozusagen eine Stelle, die ich mir selbst geschaffen habe.«

»Das hört sich genial an.«

»Ich bin im Laurel Canyon aufgewachsen.« Paula schob sich eine Haarsträhne hinters Ohr. »Mein Vater ist in den Siebzigern in der Musikbranche A&R-Manager gewesen, hat damals mit den ganzen Legenden gearbeitet – Fleetwood Mac, Steely Dan, den Eagles. Madonna und Sean Penn haben sich praktisch in unserem Pool scheiden lassen. Das Musikgeschäft liegt mir sozusagen im Blut.«

Und so fing die Sache an. Man hört so viel von Schicksal und Glück und blindem Zufall, und nicht einmal jetzt weiß ich, wo ich in dieser Hinsicht stehe, aber eins kann ich mit Sicherheit sagen: In diesen Wochen und Monaten, in denen Paula und ich uns nähergekommen sind, stellte sie sich als genauso vertrauenswürdig, ehrgeizig, phantasievoll und witzig wie an jenem ersten Abend heraus, und als ich sie noch besser kennenlernte, gingen mir irgendwann die Adjektive aus. Sie war eine von diesen umwerfend temperamentvollen Leuten, die sich unterwegs auf einem Bauernmarkt inmitten einer Unterhaltung über das sowjetische Kino der 1940er Jahre plötzlich zwei Bananen an die Stirn hält und so tut, als wären es ihre Augenbrauen.

Und sie war unbegreiflich schön, eindeutig mehrere Nummern zu groß für mich. Sie war so ein Mädchen, über das man Lieder schreibt. Sie war zweiundzwanzig und ich war achtzehn.

Aber wie meine bisherige Geschichte zeigt, neige ich schon seit jeher eher zu älteren Frauen.

3

»Is There Something I Should Know?«

– Duran Duran

Und wies mit sex????

Ich schaute auf das Display meines iPhones und wusste sofort, dass die Nachricht von Norrie war. Er war der Einzige, der mir regelmäßig SMS schrieb, obwohl wir uns praktisch jeden Tag im Übungsraum sahen. Alle anderen – sogar Sasha, unser Lead-Sänger, und Caleb, unser Gitarrist – riefen einfach an.

Einfach genial, tippte ich.
wie gnial?
Tantrisch.

Eine lange Pause, dann:

Du biss immr noch nict soweit, ws?

»Wem schreibst du da?«, fragte Paula vom Fahrersitz rüber.

Ich stellte das Handy aus und schob es in die Tasche. »Norrie.«

»Hast du es ihm schon gesagt?«

»Ich habe ihm gesagt, dass sich die Band in einer Stunde bei mir zu Hause trifft. Ich will ihn überraschen. Es sei denn, Linus hat schon mit ihnen gequatscht.« Linus Feldman war unser Manager, ein neunzig Kilo schwerer, einssechzig großer jüdischer Tsunami, der irgendwann letzten Sommer aus der Wildnis von Staten Island zu uns herübergeweht kam. Er war noch ein Manager der alten Schule, ein vernarbter Veteran mindestens eines Dutzends legendärer Manager-Teams aus den Go-Go-Achtzigern, als der Rock'n'Roll allem Anschein nach jede Woche neue Millionäre hervorbrachte. Sobald er aus dem Quasi-Altenteil zurückgekehrt war, um sich für Inchworm einzusetzen, wartete er förmlich auf jemanden, der versuchte, uns auszunutzen, damit er ihm auf der Stelle den Kopf abreißen konnte. Zu seiner großen Enttäuschung waren wir bis jetzt mit nie dagewesener Fairness und außerordentlichem Respekt behandelt worden.

»Ich weiß nicht, ob Linus von dieser Idee sehr begeistert ist.«

»Eine Europa-Tour? Warum sollte er davon nicht begeistert sein?«

»Er hat seine eigenen Pläne mit der Band«, erwiderte Paula. »Aber wir werden ja sehen.«

Sie blinkte links und bog vom Strand in die zweispurige Landstraße ein. Während jeder von uns in seine eigenen Gedanken versunken war, sah ich das Meer im Rückspiegel immer kleiner werden.

Ich schaute nach, ob ich eine neue SMS bekommen hatte, aber die letzte war die von Norrie, in der er mir vorwarf, immer noch nicht mit Paula geschlafen zu haben. Leider hatte er recht damit. Paula und ich hatten Stunden auf der Couch verbracht und uns geküsst, bis die Lippen taub wurden, und wir hatten auch jede Menge anderer Sachen gemacht, eigentlich so ziemlich alles, was man so machen konnte – nur die Tat selbst blieb bis jetzt ungetan.

Es war eindeutig nicht Paulas Schuld. Sie hatte von Anfang an deutlich gemacht, dass sie bereit dafür sei, sobald ich so weit war. Damit hatte ich wohl die dümmste Abmachung aller Zeiten getroffen. Die ganze Highschool-Zeit hindurch hatte ich an kaum etwas anderes gedacht als den Tag, an dem ich das Problem mit der Jungfräulichkeit endlich loswerden würde. Und jetzt hatte ich Paula mit ihrem unglaublich tollen Gesicht, dem heißen Körper – eine erfahrene Frau, keine Frage –, die geduldig darauf wartete, mir alles beizubringen, damit ich nicht die üblichen Verrenkungen des Ententanzes zur sexuellen Initiation anstellen musste, wie sie noch in der Generation meiner Eltern üblich war, inklusive der Decodierung der Texte schlechter Hair-Metal-Power-Balladen als unser Kamasutra. Was genau sagte man einem Mädchen, das einen die ganze Nacht gerockt hatte? Und war das »jemanden mit Zucker übergießen« wirklich so klebrig, wie es sich anhörte?

Wir waren eine aufgeklärte Generation. Mein koreanischer Freund Chow hatte es schon in der zehnten Klasse mit seiner Freundin gemacht, Sasha und Caleb hatten noch nie Probleme gehabt, zum Ziel zu kommen (»Alter«, hatte Sasha mir einmal mit absoluter Offenheit gesagt, »was glaubst du, warum wir in einer Band spielen?«), und sogar Norrie hörte sich an, als könne er sich in dieser Hinsicht bei seiner derzeitigen Freundin nicht beklagen. Nur ich stand wie gelähmt an der Startlinie und wartete. Worauf eigentlich? Auf die wahre Liebe? Ein Zeichen Gottes? Ein langes Wochenende in Paris?

Ich brauchte dringend eine Therapie, am besten gleich

zwei oder drei. Inzwischen fragte ich mich, ob es vielleicht Gruppentreffen für Anonyme Jungfrauen in irgendwelchen Kirchenkellerräumen gab oder zumindest einen Kult im südlichen Connecticut, der dringend nach einem unberührten Opferlamm suchte.

Dabei verhielt sich Paula die ganze Zeit absolut supercool. Sie kannte die Wahrheit und sagte immer nur, dass sie warten würde, bis ich so weit sei. Aber wie lange würde es noch dauern, bis ihre Erwartung sich in Enttäuschung verwandelte?

Meistens versuchte ich einfach, nicht daran zu denken.

Ein echt toller Plan, und manchmal funktionierte er auch fast.

4

»The Loved Ones«
– Elvis Costello and the Attractions

Als wir bei mir zu Hause ankamen, saß Mom mit ihrem Laptop und einem Glas Wein in der Küche. Wir waren erst Ende Sommer dort eingezogen, die Arbeiter hatten immer noch an dem Anbau über der Garage zu tun. Außerdem lagen überall bunte Fliesen herum, ungefähr zweitausend Sorten Weiß. Auf unserem Küchentisch sah es aus wie bei einem Konzert von Michael Bolton.

»Hallo, Perry. Ach, hallo, Paula. Wie war's am Strand?«

»Toll.«

»Mir hat dieser Strandabschnitt schon immer sehr gefallen, besonders im Herbst.« Sie ließ den Blick über das Meer fast identischer Rechtecke gleiten, die auf dem Tisch ausgebreitet lagen. »Welche Farbe würdest du für das Bad im ersten Stock nehmen, mein Liebling? Isabelline oder Cosmic Latte?«

»Mom«, sagte ich, »Paula und ich müssen dir was Tolles sagen.«

Mom blickte auf. Ihre Gesichtszüge rutschten ihr vor Erstaunen nach unten. »Ihr wollt doch wohl nicht etwa heiraten?«

»Was? *Quatsch!*«

»Gott sei Dank!« Mom nahm sich ihr Weinglas. »Das soll nicht heißen, dass ich dich nicht haben möchte, Paula, aber –«

»Schon gut, Mrs Stormaire«, sagte Paula und sah wieder

mich an. Sie war immer noch nicht so weit, dass sie meine Mutter »Julie« nannte. »Als Perry das eben gesagt hat, hätte ich fast selbst einen Herzschlag bekommen.«

»Dann nehme ich doch an, dass es auch nicht bedeutet, dass du …« Mom fuchtelte undeutlich vor ihrem Bauch herum.

»Was?«, fragte ich. »Zu viel gegessen hast?«

»Du weißt genau, was ich meine.«

»Also ehrlich, Mom!«

»Tut mir leid, Schatz, aber solche Gedanken gehen einer Mutter nun mal im Kopf herum.« Und noch ehe ich sie fragen konnte, warum diese Gedanken auch immer gleich aus ihrem Mund heraussprudeln mussten, beugte sie sich schon wieder über den Laptop, klickte ein paarmal und redete und tippte gleichzeitig. »Wisst ihr, ich hab mir gedacht, wo es doch jetzt unser erstes Thanksgiving im neuen Haus ist und ich weiß, dass deine Mutter, Paula, in Kalifornien wohnt … hättet ihr nicht Lust, Thanksgiving mit uns zu verbringen?«

Ich holte tief Luft. »Kann sein, dass ich zu Thanksgiving überhaupt nicht hier bin.«

Mom hörte auf zu tippen. Ich sah, dass sie ihre Facebook-Seite aktualisierte, und ich spürte, wie sich ihre Laune in der Stille veränderte. »Ach?«

»Ich wollte euch sagen, dass –«

»Was wolltest du uns sagen?« Das war Dad, der gerade mit seinem iPhone in der Hand und der *Times* unter dem Arm von der Treppe her um die Ecke kam. Er merkte sofort, dass mit der emotionalen Wetterlage in der Küche etwas nicht stimmte, und wandte sich meiner Mutter zu. »Ist was?«

»Ich weiß nicht.« Mom runzelte die Stirn und zwei rote Flecken tauchten auf ihren Wangen auf. »Dein Sohn hat es mir noch nicht mitgeteilt.«

»Perry?«, fragte mein Vater mit seiner strengen Anwaltsstimme. »Worum geht's?«

»Also«, fing ich an, was wahrscheinlich kein schlechter Anfang war, aber genau in diesem Augenblick hielt der verrostete Ecoline-Kleinbus mit quietschenden Reifen in unserer Einfahrt. Ich sah Norrie und Caleb herausspringen und ihre Gitarrenkoffer und das Schlagzeug mit der unbeirrbaren Zielstrebigkeit derjenigen, die ohne 250 Kilo Ausrüstung nirgendwo hinkönnen, in die Garage schleppen. In den vergangenen paar Wochen hatten wir immer bei uns geprobt, weshalb sie meine Nachricht hinsichtlich eines Treffens heute Abend für einen ganz normalen Probetermin gehalten hatten.

»Ich muss kurz raus und mit den Jungs reden.«

»Vielleicht wartest du damit lieber noch«, sagte Paula.

»Warum?«

Sie zeigte aus dem Fenster, aber das war nicht mehr nötig. Das tuberkulöse Röcheln des Wagens, der die Straße entlanggeschossen kam und direkt hinter dem Bus und Paulas Auto abbremste, war nicht zu überhören. Linus Feldman fuhr einen burgunderroten 1996er Olds 88, mit verrostetem Rahmen und abblätterndem Lack, dessen verbliebene Farbe wie ein alter Bluterguss aussah. Die Karre diente Linus auch als Büro, was bedeutete, dass der Beifahrersitz normalerweise voll mit unbeantworteten Briefen, angefochtenen Verträgen sowie Flyern für unsere Auftritte – zukünftige und bereits absolvierte – lag. Er stieg aus einer Lawine aus Dokumenten und Starbucks-Bechern aus.

»Stormaire?«, blökte er vor der Tür, ohne sich die Mühe zu machen anzuklopfen. »Ist Paula bei dir? Die doppelzüngige Tusse soll sofort rauskommen!«

Paula seufzte. »Hallo, Linus.«

»Linus?«, fragte mein Vater verdutzt. »Was will der denn hier?«

Nachdem er keinen Hehl aus seinem Eintreffen gemacht hatte, stand Linus mit verschränkten Armen auf unserer Veranda und wirkte wie jemand, der zur Not bis in alle Ewigkeit dort wartete. Er ertrank fast in seiner Cordanzugjacke mit Ellbogenflicken aus Wildleder und khakifarbenen Hosen, und seine flusigen Popcorn-Haare sahen aus, als würden sie vor Entrüstung in doppelter oder gar dreifacher Fülle um seinen Schädel wallen.

Ich machte die Fliegentür auf. »Hallo, Linus.«

»Hast du einen Vertrag unterschrieben?«

»Nein, ich –«

»Aber du hast ihn gesehen.«

»Was denn für einen Vertrag?«, wollte Dad wissen und sah abwechselnd mich und Linus an. Er wusste, dass Linus Anwalt war, so wie er, eine Verbindung, die ihnen idealerweise erlauben würde, eine professionelle Abkürzung zu benutzen, doch bei den wenigen Gelegenheiten, bei denen sie sich begegnet waren, hatte es eher umgekehrt gewirkt: Die Signale hatten sich gekreuzt und die Frequenzen des jeweils anderen gestört. »Was geht da vor sich, Perry?«

»Mach mal halblang, Linus«, sagte Paula. »Erst mal tief durchatmen.«

»Nicht so von oben herab, Yoko!« Linus hielt ein Blatt Papier hoch und reckte es uns entgegen als handelte es sich um einen Haftbefehl. »Eine E-Mail von George Armitages

Assistentin? Muss ich auf diese Weise herausfinden, dass du Inchworm für eine Europa-Tournee gebucht hast?«

»Das war ein Versehen«, erwiderte Paula. »George sollte warten, bis ich es dir selbst gesagt habe.«

»Absolut unakzeptabel!«

»Warte doch –«

»Europa?«, fragte Mom. »Wann wolltest du uns denn darüber informieren, Perry?«

Dad griff nach der E-Mail in Linus' Hand. »Dürfte ich bitte mal sehen?«

»Die Bedingungen sind absurd«, sagte Linus und zog das Blatt wieder an sich, ehe einer von uns einen Blick daraufwerfen konnte. »Du kannst George Armitage ausrichten, er kann sich seine Tour schön tief in den –«

»Perry ist noch nie im Ausland gewesen«, sagte Mom.

»Stimmt nicht«, widersprach ich. »Ich bin in der elften Klasse beim Shakespeare-Festival in Toronto gewesen. Und im selben Jahr sind wir alle über Weihnachten nach Paradise Island gefahren. Mein Pass ist noch gültig.«

»Gut.« Paula holte tief Luft. »Nichts für ungut, aber ich glaube, wir konzentrieren uns hier auf die falschen Dinge.«

»Da wären wir einmal einer Meinung.« Linus legte mir den Arm um die Schulter und schob mich ins Haus, wobei er mir leise zuraunte: »Perry, du weißt, dass ich dich sehr schätze. Du weißt, dass ich für die Band nur das Beste will. Ich steige jedes Mal für euch in den Ring.« Er hielt sich den Kopf, als befürchtete er, er würde jeden Augenblick davonfliegen. »Aber diese Bedingungen –«

»Wir könnten ja alle mitkommen«, schlug Mom vor. »Wir stören dich nicht, lassen euch eure Konzerte machen …«

»Moment.« Das war Annie, die in ihrem Schlafzimmer im ersten Stock offensichtlich die ganze Unterhaltung durch die Lüftung mit angehört hatte. »Wir fahren nach *Europa?*«

In diesem Augenblick explodierte der gesamte Ostflügel des Hauses im brutalen Hämmern eines Schlagzeugs und einer E-Gitarre, was bedeutete, dass Caleb und Norrie alles angeschlossen hatten und sich bei voller Lautstärke warmspielten, bis ich endlich zu ihnen rüberkam und mitspielte. Sasha, unser Sänger, war noch nicht hier – er kam immer als Allerletzter, und seitdem er sich ein uraltes Indian-Motorrad gekauft hatte, das alle zwei Wochen verreckte, kam es auch häufiger vor, dass er mit dem Volvo seiner Mutter oder sogar auf dem Fahrrad kam.

»Familienkonferenz?« Annie rauschte in einer Wolke aus einander bekriegender Parfums und Haarwässerchen an mir vorüber. »Ach, hallo, Linus.« Sie sah meinen Dad an. »Fahren wir nach Europa?«

»Nein«, antwortete Dad.

»Wieso darf Perry dorthin?«

»Keine Angst, mein Schätzchen«, sagte Linus und funkelte Paula über Annies Kopf hinweg an. »Onkel Linus lässt nicht zu, dass die böse Frau irgendjemanden für die paar Kröten mit nach Europa nimmt.«

»Perry geht auf Tournee«, sagte Mom, »mit seiner Band. Ist das nicht aufregend?«

Annie verdrehte die Augen. »Ich bin schon total aus dem Häuschen.« Ironie war ihr neuer Ketchup, den sie über alles und jeden goss.

»Ich sehe mir diesen Vertrag lieber mal an«, sagte Dad und zog seine Brille aus der Brusttasche seines Hemds.

»Nicht nötig«, brummte Linus, dessen Hände von seinem Kopf zu seinem Bauch wanderten. Sein ursprünglicher Zorn war verraucht und einer, wie es aussah, chronischen Verdauungsstörung gewichen. »Ich trete Ihnen einfach in die Eier, dann haben Sie den richtigen Eindruck davon.«

»Linus«, sagte Paula, »ich weiß, dass du am liebsten auf diese Weise verhandelst, aber –«

»*Verhandeln?*«, heulte Linus auf und starrte sie ungläubig an. »Das nennst du *verhandeln?* Wie soll ich denn bitte schön über *nichts* verhandeln?«

»Falls du es noch nicht gemerkt hast«, sagte Paula und legte den Arm um mich. »Ich stehe auf Perrys Seite. Ich bin ziemlich verrückt nach dem Burschen.«

»Das ist ja die Höhe. Du bist echt gut.« Linus fuchtelte mit den Händen. »Sie ist echt gut. Das ist ja schlimmer als die Victory Tour der Jacksons, damals 84, als wir Tito in Vancouver zurücklassen mussten.«

»Das reicht jetzt, Linus«, sagte ich. »Lass sie doch erst mal ausreden.«

»So fängt's immer an«, stöhnte Linus. »So fängt's immer an …«

Draußen in der Garage hatten Gitarre und Schlagzeug aufgehört, und ich hörte Caleb und Norrie ins Haus stolpern. Beide hielten eine Cola in der Hand und wollten wissen, wo ich so lange blieb. Als sie Linus, Paula und meine Eltern erblickten, blieben sie wie gelähmt stehen.

»He, Alter«, sagte Norrie. »Was geht?«

»Wenn du genau hinsiehst, kommst du bestimmt auch drauf, dass dieser Vertrag für eine unbekannte Band ohne internationalen Plattenvertrag absolut Standard ist«, sagte Paula. »Armitage arbeitet die Merchandising-Verträge für

T-Shirts und andere Gimmicks mit den Veranstaltern aus, und die Präsentation für Inchworm –«

Caleb sah mich fragend an. »Was redet sie da, Perry?«

Draußen schepperte es laut, und ein Blick aus dem Fenster zeigte mir, dass Sasha angekommen war. Er trug eine Lederhose und eine Federboa und strampelte auf der alten Zwölfgang-Schwinn, was bedeutete, dass sein Motorrad wieder kaputt war und irgendwo ganz hinten in der Garage seiner Mom Öl sabberte – aber diesmal schienen ihn diese Schicksalsschläge nicht im Geringsten zu stören. Stattdessen sprang er während der Fahrt vom Rad ab, ließ es gegen unsere Mülltonnen knallen und rannte bis vor unsere Tür, platzte ins Haus rein und glotzte mich, Caleb und Norrie mit einem breiten Grinsen an.

»Habt ihr schon gehört, Jungs?« Er ließ beide Fäuste gleichzeitig vor und zurück fliegen. »Hat Linus es schon erzählt? Wir fahren nach Europa, ihr Knalltüten!«

»Was?«, fragte Caleb. »Waaaas?«

Norries Mund klappte auf. »Im Ernst?«

»Aber hallo! Inchworms erste Welt-Tournee! Linus meint, sobald er den Vertrag verhandelt hat, kommen wir ganz groß raus, und –« Er drehte sich um. »Oh, hey, Linus.«

Linus barg das Gesicht in den Händen. Durch die Finger hörte ich, dass er irgendetwas murmelte, dass er um Kraft betete, im Angesicht unüberwindlicher Hindernisse bestehen zu können – vor allem in Gestalt der Band, die er sich zu vertreten verpflichtet hatte.

»Also«, sagte Paula, »kann ich jetzt Armitage anrufen und ihm sagen, dass wir uns einig sind?«

5

»You Are a Tourist«

– Death Cab for Cutie

»Mann«, sagte Norrie, »habt ihr auch das Ge-Gefühl, als würden wir das schon ze-zehn Jahre machen?«

Es war halb neun, italienische Zeit. Die Tournee-Band war gerade im Bahnhof Santa Lucia von Venedig eingerollt – was bedeutete, dass wir unsere Sachen selbst auf den Bahnsteig hievten, nachdem wir in den letzten Tagen im Zug die meiste Zeit Nintendo DS gespielt und versucht hatten, uns nicht gegenseitig auf die Nerven zu gehen.

Die Zeit verwischte immer mehr. Mit Linus vorneweg hatten wir gestern um die Mittagszeit London verlassen, waren durch den Chunnel nach Paris gerast und heute nach dem Mittagessen nach Venedig weitergefahren.

Alles hatte ein bisschen unsicher angefangen. Bei unserem ersten Gig in London konnte Caleb seine Stratocaster nicht finden, Norrie war vom Flugzeugessen immer noch schlecht, und die Hälfte unserer Verstärker war nicht für europäische Steckdosen geeignet. Hinter der Bühne marschierte Linus fast ein Loch in den Boden der Garderobe, rauchte irgendeine Marke übelriechender englischer Zigaretten Kette und versicherte uns allen, dass letztendlich alles gut ausgehen würde. Draußen wurde das Publikum schon zappelig, während die Roadies an den Verstärkern herumfummelten, bis Sasha schließlich um Viertel nach neun aufstand und meinte, dass er nicht weiß, wie's uns so geht, aber er für sein Teil ist schließlich nicht um die halbe Welt geflogen, um wie ein Haufen amerikanischer Loser in einer Garderobe herumzuhocken, also Scheiß drauf.

Dann sind wir rausgegangen und haben gerockt.

Letztendlich hat es ungefähr dreißig Sekunden gedauert, bis wir geschnallt hatten, was uns schon von Anfang an hätte klar sein sollen: Wenn wir vier zusammenspielten, war es völlig egal, ob wir in New York, in London oder auf dem Mond spielten – wenn wir mit dem Rücken an der Wand standen, wie in diesen Augenblicken unseres Lebens, dann konnten wir jede Bude zum Kochen bringen.

Obwohl die Hälfte der Verstärker aus war, jaulte und kreischte Calebs geliehene Gitarre wie die Kreissäge des Teufels, Sasha machte irgendwelche Verrenkungen, wie sie keiner von uns je zuvor gesehen hatte. Er fütterte die Menge an, bis sie nach noch mehr schrie, und Norrie spielte, als hätte er ein Silvesterfeuerwerk in seinem Schlagzeug gezündet. Wir flogen durch alle Songs auf unserer Liste und spielten dazu noch ein paar von denen, die wir kaum geprobt hatten, bis sogar die Rausschmeißer nach vorne kamen und tanzten. Ungefähr in der Mitte des Konzerts drehte ich mich zu Norrie um und sah, wie er mich angrinste, das absolute Spiegelbild meines eigenen schwindeligen Höhenflugs. *Es ist wirklich wahr,* dachten wir wohl beide im selben Augenblick. *Verdammte Scheiße, wir erleben das wirklich – und zwar jetzt!*

Ganz vorne stieß Sasha seinen ureigenen Navajo-Kriegsschrei aus und sprang mit einem Helikopter-Tritt in die Luft, der den Mikrofonständer nur knapp verfehlte. »Hallo, Großbritannien!«, schrie er. »Wir sind Inchworm, und wir sind hier, um euch zu rocken – alles klar?«

Das Publikum schien völlig durchzudrehen. Als wir fast drei Stunden am Stück gespielt hatten und mit einem alles hinwegfegenden Cover von »If the Kids Are United« von Sham 69 aufhörten, bei dem alle im Saal lauthals mitgrölten, wankten wir total erschöpft und schweißüberströmt von der Bühne. Wir grinsten wie Geistesgestörte und ließen uns, zusammen mit ein paar Mädchen aus der ersten Reihe, in eins von diesen schwarzen Taxis fallen und zum Hotel kutschieren. Ich rief Paula in New York an und erzählte ihr, wie es gelaufen war, während Sasha sich aus dem Fenster lehnte und laut »Wer will das noch mal machen?« brüllte.

Wir alle.

*

Und jetzt, vierundvierzig Stunden später, waren wir in Venedig. Zwei Schritte vom Zug entfernt ließ Norrie seine Sporttasche neben der von Caleb auf den Bahnsteig fallen und warf sich darauf, als wäre sie ein großes Kissen, zog sich die Baseball-Kappe übers Gesicht und schloss die Augen. Linus hatte sich bis zum Schalter vorgekämpft und kaufte Fahrkarten fürs Wassertaxi, und Sasha war ihm, offensichtlich schon auf der Suche nach italienischen Mädchen, gefolgt. Von uns vieren schien er der einzige zu sein, dessen Batterie nie leer wurde, angetrieben von der Libido eines jungen Nashornbullen.

Ich kramte gerade in meiner Tasche nach dem letzten Red Bull, als mein Handy klingelte. Auf der Anzeige erschien eine internationale Nummer, die ich nicht kannte.

»Hallo?«

»Perry?«

»Ja.«

»Hier ist George Armitage. Wie geht's, Kumpel?«

Ich richtete mich ein wenig auf und war mit einem Mal hellwach. »Ach, äh … gut … mir geht's gut.« Obwohl ich schon so lange mit Paula zusammen war und mich oft mit ihr über ihn unterhalten hatte, wie er so war und alles, hatte ich noch nie mit dem Mann gesprochen.

»Wie läuft's denn so mit der Tour?«

»Einfach genial. Wir waren in London … Es war unglaublich –«

»Sehr schön. Mir gefallen eure neuen Songs, ganz ehrlich. Die Kritiken eures Auftritts in London waren bombastisch. Ihr Jungs kommt ganz groß raus – das ist euch doch klar, oder?«

»Vielen Dank«, sagte ich. Vor mir lagen jetzt Caleb und Norrie lang ausgestreckt auf ihren Taschen. Es sah aus, als wären sie gemeinsam ins Koma gefallen. Norrie lief ein Speichelfaden aus dem Mundwinkel.

»Ihr seid jetzt in Venedig, stimmt's?«, erkundigte sich Armitage.

»Stimmt genau. Gerade angekommen.«

»Phantastisch, wirklich. Schade, dass ich nicht dort bin, um euch die Stadt zu zeigen.«

»Ja, das wäre cool.« Einen Sekundenbruchteil überlegte ich, ob ich fragen sollte, wo er denn war, aber ich konnte gerade noch verhindern, dass mir die Frage über die Lippen sprudelte. Nach allem, was Paula erzählt hatte, war George Armitage ein streng zurückgezogener Mann. Wenn man ihn googelte – was wir natürlich alle getan hatten –, konnte man erfahren, dass er gebürtiger Brite war, seine britische Staatsbürgerschaft jedoch zurückgegeben hatte und sich die meiste Zeit auf Reisen befand, ein Medien-Multi-Bindestrich-Typ. Keiner wusste genau, wo er sein ganzes Geld herhatte. In den letzten Jahren hatte er seine Geschäfte globalisiert und war im Grunde sein eigener freischwebender, unabhängiger Staat geworden. Er besaß eine eigene Produktionsfirma, eine Verlagsgruppe und eine Fluggesellschaft. Dem Vernehmen nach hatte er mehr Zaster als er jemals brauchen würde.

»Ich hoffe doch, dass ihr mir sofort Bescheid sagt, wenn ihr unterwegs etwas braucht.«

»Vielen Dank«, sagte ich und wurde dabei das Gefühl nicht los, dass es für seinen Anruf noch einen anderen Grund geben musste. Die Antwort ließ nicht lange auf sich warten.

»Hör mal, Kumpel. Ich will ja nichts zu früh aufs Tapet bringen, aber wenn ihr so weitermacht, könnte am Ende der Tour ein Plattenvertrag für euch rausspringen.«

Mein Herz blieb einen Moment stehen. »Ehrlich?«

»Absolut«, erwiderte Armitage. »Frag Paula. Die letzte Band, deren Tour ich auf die Beine gestellt habe, hat in den ersten zwei Monaten sechs Millionen Einheiten verkauft. Legenden werden im Feuer geschmiedet. Wir sprechen uns bald wieder. Tschüs.«

Ich sagte auf Wiedersehen und trat gegen Norries Tasche, bis er sich auf die Ellbogen stützte und mir blinzelnd den Stinkefinger zeigte. »W-was hast du denn schon w-wieder, Stormaire?«

»Eben grad hat mich George Armitage angerufen. Er hat uns einen Plattenvertrag angeboten.«

»Armitage?« Norrie starrte mich an. Auf einmal sah er kein bisschen müde mehr aus. Caleb setzte sich neben ihm auf. »Was? *Jetzt?*«

»Los, kommt«, sagte ich. »Wir suchen Linus.«

Schon waren die beiden auf den Beinen und packten ihre Taschen, und ich schnappte meinen Gitarrenkoffer und folgte ihnen über den Bahnsteig. In meinem Kopf purzelten immer noch Armitages Worte wild durcheinander, dazu kamen von außen der Lärm und das ganze Gewimmel des Bahnhofs.

6

»Another Girl, Another Planet«
– The Replacements

Das alles passierte so schnell, dass ich erst mitkriegte, was da eigentlich passierte, als es schon vorbei war. Eben noch ging ich hinter Caleb und Norrie durch die automatische Schiebetür in die Schalterhalle, im nächsten Augenblick stand ich ganz allein in der Menge.

Ich drehte mich um und schaute in die Richtung, aus der ich gekommen war, weil ich dachte, dass ich irgendwie vor ihnen dort angekommen sei, aber da hinten waren sie nicht. Links von mir war ein großes Café, und irgendwo rechts befand sich eine ganze Reihe mit Fahrkartenschaltern. Ich sah jedoch weder Linus noch einen der anderen dort stehen. Überall wuselten Leute herum, die ihr Gepäck hinter sich herzogen oder Rucksäcke schleppten. Keiner davon sah auch nur im Entferntesten bekannt aus.

Zehn Minuten in Venedig, und schon hatte ich mich verlaufen.

*

Ich ging aus dem Bahnhofsgebäude und die grauen Stufen hinab, die zum Canal Grande führten. Dann erstarrte ich mitten in der Bewegung.

Erst in diesem Augenblick wurde mir so richtig klar, dass ich mich in einer Stadt befand, die keine Straßen, sondern lauter kleine Flüsse hatte. Hier fuhren keine Autos, sondern

Boote. Es gab Kreuzungen, Nebenstraßen und Brücken, an denen Gondeln festgebunden waren. Über den halb überfluteten Eingängen und Treppen sah ich uralte Hotels und heruntergekommene Paläste, die langsam aber sicher in der Lagune versanken. Dicht über der Wasseroberfläche lag Nebel, Möwen kurvten über den Wasserstraßen dahin, ihre weißen Bäuche blinkten kurz auf, dann waren sie in der Dunkelheit verschwunden.

Ich kaufte mir ein 24-Stunden-Ticket für das Vaporetto, bestieg das nächste Boot und rief Norrie an.

»Alter«, sagte er, »w-wo bist du denn abgeblieben? Wir dachten schon, wir hätten dich jetzt v-völlig verloren.«

»Mir geht's gut. Ich hab euch am Bahnhof aus den Augen verloren.«

»W-wo bist du jetzt?«

»Am Canal Grande.« Ich stand mit meiner Reisetasche und dem Gitarrenkoffer an Deck eines Vaporetto, das durch den Kanal rauschte. Über mir schoben sich auf jeder Seite hohe gotische Spitzbögen und zerbröselnde Statuen vorüber. Die Häuser waren von innen beleuchtet wie bei der Fahrt von *Piraten der Karibik*. Definiere erbärmlich: Du bist in Venedig und alles, was dir dazu einfällt, ist eine Attraktion aus Disney World. »Wir sehen uns im Hotel.«

»Na h-hoffentlich. Sonst flippt Linus n-noch aus.«

»Sag ihm, er soll sich beruhigen. Ich bin in einer Stunde oder so dort.«

»Es ist die Puh-Pensione Guerrato«, sagte er. »Nicht weit von der Rialtobrücke.«

»Alles klar.«

»W-was machst du eigentlich?«

»Eine Stadtrundfahrt.«

»Es ist doch sch-schon zehn Uhr oder so!«

»Reg dich ab, ja? Wir sehen uns dann.«

Norrie wurde einen Moment ganz still, und als er wieder etwas sagte, war in seiner Stimme kein Stottern mehr zu hören.

»Du suchst sie, stimmt's?«

Ich hielt den Atem an. Ich weiß nicht, ob es an der unerschütterlichen Gewissheit in seiner Stimme lag oder einfach daran, dass wir schon so lange befreundet waren, aber ich wusste sofort, dass ich ihn nicht anlügen konnte.

»Vielleicht.«

Er machte ein furzendes Geräusch mit dem Mund. »Und w-was ist mit Pu-Paula?«

»Was ist denn mit ihr?« Meine Antwort kam wahrscheinlich eine Spur zu schnell. »Ich will sie ja nicht betrügen. Wahrscheinlich finde ich Gobi sowieso nicht, aber falls doch, dann trinken wir einen Kaffee zusammen, erzählen uns die neuesten Geschichten und das war's dann.«

»Blö-Blödsinn.«

»Hey, von mir aus kannst du glauben, was du willst!«

»D-das ist echt eine be-bescheuerte Idee, Mann.«

Ich atmete tief ein und wieder aus. »Ja. Weiß ich auch.«

»Ich w-weiß, dass du es weißt«, erwiderte Norrie jämmerlich. »Und ich w-weiß auch, dass du es tro-trotzdem machst.« Wieder schwieg er einen Moment. »Ach, Scheiße. Sag ihr wenigstens einen schö-schönen Gruß.« Und dann, mit mehr Überzeugung: »Und bl-bleib nicht die ganze Nacht w-weg! Wir haben morgen einen Auf-Auftritt!«

»Alles klar«, sagte ich und legte auf.

*

Das Boot schob sich auf die Haltestelle Markusplatz zu, vor uns lag allem Anschein nach die offene Lagune. Am Kai standen zwei Typen in langen Ledermänteln und makellos geputzten spitzen Lederschuhen. Sie rauchten und tranken Espresso aus Pappbechern.

»Entschuldigung.« Meine Stimme hörte sich froschig und heiser an, als würde sich eine Erkältung ankündigen. »Ich suche Harry's Bar.«

»So wie Hemingway, *sì?*«

»Genau«, antwortete ich. »Ich meine: vermutlich schon, ja.«

Der erste Mann lächelte und sagte etwas, dann lachten beide.

»Tut mir leid, ich spreche kein Italienisch.«

»Er hat gesagt, dass sogar ein dummer Amerikaner die Bar von hier aus finden kann«, sagte der andere Mann, und als sie sich umdrehten und davongingen, sah ich das Schild hinter ihnen im Fenster, das in Art-Déco-Buchstaben HARRY'S BAR verkündete.

Jetzt, wo ich direkt davor stand, wusste ich nicht mehr genau, ob ich wirklich reingehen wollte. Ich ging um die Ecke zu der Seite des Gebäudes, die zum Kanal zeigte. Auf Zehenspitzen konnte ich gerade so durchs Fenster schauen. Drinnen saß eine Gruppe modisch gekleideter Gäste an der Bar.

Ich war richtig.

Eine Stimme in meinem Kopf flüsterte: *Willst du das wirklich tun?*

Aber meine Schritte führten mich bereits hinein.

7

»Waiting for Somebody«
– Paul Westerberg

Harry's Bar war ein langer gelber Raum, warm und trocken, mit dunklen Holztischen, die unter Wandleuchtern glänzten, und einem alten Metallventilator in der Ecke. Die Bar selbst war gerade lang genug für die Handvoll Gäste, die ich durch das Fenster gesehen hatte. Sie standen dort plaudernd und lachend, als würden sie sich schon ihr ganzes Leben lang kennen. Der Barkeeper trug eine gestärkte weiße Smoking-Jacke. Als ich hereinkam, sagte er nichts, sondern warf nur einen kurzen Blick auf meine nassen Jeans und die Windjacke. Und auf den Gitarrenkoffer zu meinen Füßen.

»Kann ich einen Mountain Dew oder so was kriegen?«

»Mountain … Du?«

»Oder eine Cola?«

Ein Seufzer. »*Sì*, Coca.«

Ich setzte mich ans Ende der Bar neben eine Glasvitrine voller Souvenirs, die man kaufen konnte, nippte an meiner 10-Euro-Cola und starrte die Tür an. Keine Ahnung, was ich dort verloren hatte.

Gobi und ich hatten in New York von Harry's Bar geredet, als herbeiphantasierten Treffpunkt in einer Zukunft, mit der keiner von uns beiden je gerechnet hätte. Jetzt, da ich tatsächlich hier saß, hatte sich alles total verändert, und ich musste unaufhörlich daran denken, wie es wohl sein würde, wenn sie tatsächlich hier auftauchte. Wenn nun die Nacht, die wir zusammen verbracht hatten, ein einmaliges Erlebnis gewesen war, eine mächtige aber unwiederholbare Mixtur aus Hormonen und Schießpulver, die sich kein zweites Mal herstellen ließ? Was hatten wir uns überhaupt zu sagen? Gab es überhaupt etwas zu sagen?

»*Signore?*«

Ich sprang auf und hob den Blick. Der Barkeeper sah mich an.

»Wir schließen. Es ist spät.«

Mein Blick wanderte zur Uhr über der Bar. Es war fünf vor elf. Das kam mir sehr früh vor, aber ich sah, dass die anderen Gäste bereits gegangen waren oder gerade ihre Mäntel und Schals anzogen, bezahlten, sich verabschiedeten und hinaus in die kalte venezianische Nacht gingen.

»Darf ich vielleicht noch ein paar Minuten hierbleiben?«, fragte ich.

»Sì«, seufzte er.

Ich setzte mich, während die Kellner die Tische abwischten, die Gläser wegräumten und rings um mich die Lichter ausschalteten, *klick, klick, klick.* Inzwischen hatte sich die Bar völlig geleert. Der Barkeeper tauchte wieder vor mir auf. Er hatte bereits seinen Mantel an und machte auf einmal ein sehr ernstes Gesicht.

»Signore, tut mir leid, aber wir müssen schließen.«

»Okay.« Ich zog meine Brieftasche heraus, kramte die Visa-Karte für alle Fälle hervor und bezahlte. »Danke.«

»*Prego.*« Der Kellner ließ mich raus und schloss die Tür hinter mir ab.

Draußen regnete es jetzt noch stärker, der Wind blies mir ins Gesicht, und auf dem Gehweg am Kanal war niemand zu sehen. Ich musste an das denken, was ich über das langsam versinkende Venedig gelesen hatte. Überall schwappte die Lagune über die Treppenstufen und Türschwellen. Nicht weit vor mir sah ich jetzt zwei Männer auftauchen, als hätten sie die ganze Zeit auf mich gewartet. Es waren die beiden, die zuvor dort geraucht hatten und die ich nach dem Weg gefragt hatte.

»Du hast es also gefunden«, sagte einer von ihnen.

»Was?«

»Deine kleine Touristenfalle.«

Ich drehte mich um und ging in die andere Richtung, als plötzlich ein anderer Mann mit rasiertem Schädel mir den Weg versperrte. Er warf den beiden Kerlen hinter mir einen kurzen Blick zu. Der Glatzkopf war jung, trug Jeans und eine glänzende, wattierte, schwarze Jacke, die aussah, als sei sie aus lauter Designer-Abfalltüten zusammengenäht. Im nächsten Augenblick spürte ich etwas Kaltes und Hartes im Nacken. Von hinten kam ein Geruch nach Knoblauch und Zigaretten, gemischt mit einem aufdringlichen Parfum. Eine Hand packte meine Schulter und rammte mich so fest mit dem Gesicht gegen die Hauswand, dass ich spürte, wie meine Schneidezähne über die Mauer kratzten, ehe ich auf dem Boden aufschlug. In meiner linken Gesichtshälfte flammte ein greller Schmerz auf, und ich schmeckte Blut im Mund, salzig und ganz frisch, während fremde Finger in meine Gesäßtasche griffen und die Brieftasche herausrissen.

»Nehmt euch, was ihr wollt«, sagte ich und fuhr mit der Zunge über den abgesplitterten Zahn. »Einfach nur – «

»Wo ist sie?«

»Was?«, sagte ich. »Wer denn?«

Dann schrie einer der Männer laut auf.

Ich hörte Schuhe über mir poltern und schlurfen, eine Reihe von kurzen, brutalen, dumpfen Schlägen, als würde ein mit Kleingeld gefüllter Handschuh gegen Muskelfleisch prallen. Jemand stöhnte auf, wankte ein paar Meter, fiel hin, dann entfernten sich schnelle Schritte in der Gasse und durch die Pfützen, und dann war alles still, bis auf den Regen.

»Wie ich sehe, kannst du immer noch nicht kämpfen.«

Ich hob vorsichtig den Blick.

Vor mir in der kleinen Gasse stand Gobi, die Hände in die Hüften gestemmt. Zwei der Männer lagen lang ausgestreckt zu ihren Füßen. Einen Augenblick wusste ich nicht genau, ob das, was ich da sah, die Wirklichkeit war oder bloß das verspätete Resultat eines Schädeltraumas.

Sie trug eine kurze Lederjacke mit vielen Schnallen und einen elastischen schwarzen Mikro-Rock, zerrissene schwarze Strümpfe und fette, klobige Springerstiefel. Ihr Haar war gefärbt und kurz über den Schultern abgeschnitten.

»Wie hast du mich gefunden?«, wollte ich wissen.

»Perry.« Sie schüttelte den Kopf. »Du siehst nicht so gut aus.«

»Tja, weißt du, ich hätte dich gut gebrauchen können ...« Ich unterbrach mich, hustete ordentlich, schaute auf meine Hand und sah kleine rote Spritzer auf den Knöcheln. »Allerdings ungefähr zwanzig Sekunden früher.«

»Jetzt bin ich ja hier.« Sie streckte mir eine Hand entgegen. Ich ergriff sie und zog mich hoch. Noch ehe ich das Gleichgewicht wiedergefunden hatte, beugte sie sich vor, fing mich in ihren Armen auf, und ich sah die kleine weiße Narbe quer über ihren Hals, und dann kam mit einem Mal auch alles andere wieder zurück.

8

»Never Let Me Down Again«
– Depeche Mode

Wir gingen über eine dunkle Brücke zum Centurion Palace Hotel. Es war ein elegantes Stück Los-Angeles-Architektur, das auf der anderen Seite des Kanals allem Anschein nach in einen fünfhundert Jahre alten Palast hineingebaut war. Um zum Eingang zu gelangen, mussten wir einen weitläufigen Hof durchqueren, dessen perfekt ovale Steine unter unseren Sohlen knirschten. Gobi führte mich in eine überkuppelte Lobby mit einem Kronleuchter aus gebogenen Glasröhren und langen Sofas, die geschmackvoll auf dem Marmorfußboden verteilt waren. Hinter dem Empfang sah ich zwei androgyne hochwangige Gesichter, die uns regungslos durch eine flüssige Wolke aus blauem Licht ansahen.

»Fahrstuhl ist dort drüben«, sagte Gobi. »Komm mit.«

Ich betrat die Kabine aus gebürstetem Chrom und spürte, wie er sich geschmeidig nach oben bewegte und uns zu irgendeinem höhergelegenen Stockwerk brachte. Oben angekommen, schob mich Gobi durch den stillen Flur vor sich her. Sie zückte ihre Keycard, und wir betraten ihre Suite, eine Folge aus Zimmern, die fließend ineinander übergingen, bis sich der letzte Raum zu einem Balkon über dem Kanal öffnete. Ich sah eine Flasche Champagner auf Eis vor einem Flachbildfernseher, auf der Anrichte lagen ihr BlackBerry, Schmuck, ein Haufen Euros und andere ausländische Münzen, ihr Pass und Lippenstift.

»Zieh deine Klamotten aus.«

»Was?«

»Du frierst noch zu Tode.«

»Hör mal, ich muss dir was sagen.« Ich schaffte es, die Windjacke auszuziehen, wobei ich einen Ärmel auf links drehte, als ich den Arm daraus befreite, dann fing ich an, meine Hose aufzuknöpfen. »Könntest du dich vielleicht umdrehen?«

Sie hob eine Augenbraue und drehte sich dann zur Wand. Ich schälte mir die Jeans von den Beinen, dann die Socken und schließlich mein T-Shirt. »Ich bin mit jemandem zusammen. Drüben in den Staaten.«

Gobi sagte nichts, sondern zeigte einfach in die andere Richtung. »Zur Dusche dort entlang.«

Das Bad war eine grüne Marmorgrotte. Aus einem mannshohen Spiegel sah mich mein Spiegelbild an, ein dürrer, blasser amerikanischer Junge mit einem Gesicht, das wie zwei Pfund Schinkenwurst aussah. Ich befreite mich von meinen Boxer-Shorts und betrat zähneklappernd die Dusche. Ich brauchte einen Moment, um mich mit den Wasserhähnen zurechtzufinden, aber kurz darauf belohnte mich der Duschkopf mit einem Massagestrahl heißer Nadeln, bei der meinem Körper wieder bewusst wurde, dass er trotz allem noch am Leben war. Vielleicht war alles ja gar nicht so schlimm wie ich dachte. Ich atmete den Dampf ein, schrubbte mich zweimal von oben bis unten ab und blieb dann einfach stehen, bis das heiße Wasser allmählich kalt wurde. Nach einer gefühlt ziemlich langen Zeit verließ ich die Dusche und sah, dass an der Innenseite der Tür ein flauschiger Hotelbademantel auf mich wartete. Allmählich fühlte ich mich wieder wie ein Mensch.

»Echt schick hier«, sagte ich, als ich aus dem Dampf heraustrat. »Wie kannst du dir so was leisten?« Keine Antwort. »Gobi?«

In einem der Spiegel war eine leise Bewegung zu sehen. »Ich bin hier drüben.«

»Ich – oha.«

Als sie hinter der Schranktür hervorkam, sah ich, dass sie ihre Lederjacke ausgezogen hatte. Das Top darunter war schwarz und mit Spitzen besetzt, die dünnen Träger spannten über ihren Schlüsselbeinen.

»Was guckst du so?«

»Nur … nur auf deine Schlüsselbeine. Die sind echt schön.«

»Wie hast du's mit Reißverschlüssen?«

»Wie bitte?«

Sie drehte sich um, senkte den Kopf und hielt die Haare im Nacken in die Höhe. »Er steckt fest.«

»Ich hab dir doch gesagt, dass ich eine Freundin habe, oder?«

»Ich hab dich nur um einen Gefallen gebeten.«

»Stimmt.« Der Reißverschluss glitt geschmeidig nach unten. »Willst du überhaupt nicht wissen, was ich hier in Venedig mache?«

»Nein.«

»Ich bin auf Tour, mit Inchworm, und –«

Sie drehte sich um und küsste mich, mit offenem Mund und wild züngelnder Zunge, während sich ihre Hände in den Bademantel schoben. Ich schmeckte den trockenen, fruchtigen Geschmack von Champagner und noch etwas beinahe Bitteres wie dunkle Espresso-Bohnen oder Lakritz. Von draußen hörte ich Musik und leises Lachen vom Kanal her. Ich wich zurück und schnappte nach Luft.

»Sie heißt Paula«, sagte ich. »Sie ist echt cool. Sie würde dir gefallen.«

Ein rauchiges Kichern, dann murmelte sie etwas auf Litauisch.

»Was?«

»Ich habe dich einen Hornochsen genannt.«

»Warum?«

»So nennt man einen Mann, der ein Mädchen in seinem Bett hat und immer noch Small Talk macht.«

»Wir sind überhaupt nicht im B-«

Sie drückte die Handflächen gegen meine Brust und schob mich rückwärts auf die Matratze, schlug die Kopfkissen zur Seite, schob mich über die Decken, bis ich gegen das Kopfteil stieß. Dann setzte sie sich rittlings auf mich.

»Alles klar, hör mal, das ist nicht cool.« Je entschiedener ich aufstehen wollte, desto energischer drückte sie dagegen. »Ich kann mich nicht erinnern, dass du damals so –« Ich suchte nach einem anderen Wort für *aggressiv,* aber mit einem Mal schien meine Wortfindefähigkeit einen ernsten Schlag in die Zentrale oder was auch immer bekommen zu haben. Wie nebenbei bemerkte ich einen Louis-Vuitton-Reisekoffer in der Zimmerecke, der aussah, als hätte er eine Million Dollar gekostet, dann rutschte Gobi ein Stück mit ihren Hüften auf mir weiter, und ich vergaß den Reisekoffer und die Million Dollar, die er gekostet haben mochte.

»Alles in Ordnung?«, fragte sie.

»Mir geht's gut ...?« Meine Stimme hob sich am Ende und hörte sich an wie einer von den Chipmunks. Ich stützte mich auf und versuchte mich zu befreien, aber ihre Knie hielten den Bademantel fest auf der Matratze. »Ich habe unter diesem Ding … ähm, nichts weiter an?«

»Perry.«

»Was?«

»Ich brauche deine Hilfe.«

Ich sah ihr in die Augen. »Du brauchst *mich?*«

»Das ist kein Witz.«

»Klar doch«, sagte ich. »Was soll ich machen?«

Dann fing der Louis-Vuitton-Koffer an, sich zu bewegen.

9

»Run (I'm a Natural Disaster)«

– Gnarls Barkley

Ich setzte mich rasch auf und schaute mich so ruckartig um, dass ich es im Genick knacken hörte.

»Warte –« Ich starrte wieder den Reisekoffer an, in dem eindeutig etwas herumpolterte. »Steckt da jemand drin?«

Gobi seufzte, stieg von mir herunter und schob sich in einer eleganten Bewegung vom Bett. Mit der schicksalsergebenen Haltung einer Frau, die eine lästige aber notwendige Aufgabe zu erledigen hat, zog sie die Schublade des Nachttischs neben dem Bett auf, holte daraus eine Pistole hervor, schraubte den Schalldämpfer auf den Lauf und ging zu dem Koffer hinüber.

»Warte! Was hast du vor? Was machst du da?«

Gobi zielte mit der Pistole auf den Reisekoffer und drückte ab. Die gedämpften Schüsse waren nicht besonders laut – wie drei metallische Kronkorken –, und was auch immer dort in dem Koffer war, stieß ein schauderhaftes Heulen aus und brach mit einem dumpfen Schlag zusammen. In meiner Erstarrung nahm ich den Rauch wahr, der aus den Einschusslöchern im Koffer austrat und wie geisterhafte Ringelschwänzchen zu den geschmackvoll indirekten Lichtquellen emporschwebte. Ich taumelte aus dem Bett und quer durch das Zimmer zu meinem nassen Kleiderhaufen; der Bademantel flatterte um mich, als ich rückwärts zur Tür wankte. Hinter mir ertönte Gobis Stimme, leise und sehr ernst.

»Perry.«

»Was?«

»Ich hab dir doch gesagt, dass ich deine Hilfe brauche.«

»Ja, schon, aber bei Leichen hört für mich der Spaß echt auf.«

Im nächsten Augenblick hämmerte es laut von außen gegen die Tür.

10

»Police and Thieves«

– The Clash

»Wer ist das?« Ich stand in der Ecke neben der Tür und versuchte mir die Jeans wieder anzuziehen, aber sie waren zu nass, und ich kriegte nicht mal einen Fuß durch das Hosenbein. Schließlich gab ich auf und band mir den Bademantel fest um die Hüfte, wobei mir nur allzu bewusst war, dass ich darunter völlig nackt war. »Was zum Teufel geht hier vor sich?«

»Hier lang.« Sie zog den Koffer mit einer Hand von der Wand weg, in der anderen hielt sie die Pistole. »Komm schon.«

»Da ist ein Mensch drin!«

»War. Ja. Jetzt ist es eine Leiche.«

»Nein. Nein … ich gehe auf keinen Fall …«

Bamm-bamm-bamm! Schwere, energische Fäuste hämmerten noch lauter an die Tür der Suite und ließen die Luft rings um uns zittern. Ich stolperte weiter, spürte, wie mir der Strom durch die elektrisierte Wirbelsäule von der Hirnbasis bis zu dem von der Menschheit schon vor zwei Millionen Jahren für überflüssig befundenen Tierschwanz hinabfuhr. Ich war bereit, in die Ursuppe einzutauchen und mein Glück mit den Einzellern zu versuchen – vielleicht hatten sie es gar nicht so schlecht getroffen, indem sie einfach dort geblieben waren.

Stimmen von draußen, wütend, drängend – Soldaten

oder Polizisten, so hörte es sich an, die etwas auf Italienisch riefen.

»Scheiße, wer ist das?«

»Wahrscheinlich Carabinieri.«

»Kara ben was?«

»Das erkläre ich dir später, falls wir da noch am Leben sind«, sagte sie. »Aber jetzt musst du erst … Wie heißt das noch gleich? Deinen Teil der Abmachung einhalten?«

BUMM! BUMM! BUMM! Noch mehr wütende Stimmen, die Befehle erteilten und irgendwelche Aufforderungen brüllten, Stimmen, die sich immer mehr nach Mussolinis Schwarzhemden auf einer Sauftour anhörten.

»Was soll ich denn machen?«

Sie hob den Reisekoffer an einem seiner Tragegriffe hoch und zerrte ihn in Richtung Balkon. »Anheben. Jetzt.«

»Was? Warum?«

Sie deutete über den Balkon, hinunter auf den Kanal.

»O nein. Auf gar keinen Fall.«

»Wir müssen die Leiche loswerden, bevor …« Sie nickte zur Tür, wo das Klopfen auf einmal verdächtig und nichts Gutes verheißend verstummt war.

»Vergiss es!«

Sie richtete die Pistole auf mich. »Schön, dich wiedergesehen zu haben, Perry.«

»Warte, immer langsam. Ich will da nicht mit reingezogen werden.«

»Du hängst schon mit drin.«

Klick. Die Waffe war entsichert. Diskussion beendet. Ich packte den Lederriemen und hob mein Ende des Koffers an. Dabei spürte ich, wie etwas darin wie ein kleines Fässchen auf meine Seite rollte, die plötzlich viel schwerer wurde. Dann schleppten wir den Koffer auf den Balkon und wuchteten ihn auf das schmiedeeiserne Geländer. Ich warf einen kurzen Blick nach unten. Vier Stockwerke unter uns glitzerte der Canal Grande in der Dunkelheit, reflektierte tausend schimmernder Lichtjuwelen von den Hotels und den anderen Gebäuden auf der anderen Seite. Venedig sieht dann am reizvollsten aus, wenn man es dazu benutzt, eine Leiche loszuwerden.

Dann stieß Gobi den Koffer über das Geländer, und er fiel.

Auf die ungewöhnlich lange Stille folgte ein Platschen von unten, im gleichen Augenblick flog die Hoteltür hinter uns auf. Als ich mich zu Gobi umdrehte, kletterte sie bereits über das Geländer in die Nacht hinaus.

»Was machst du da?«

Sie ließ das Geländer los und war im nächsten Moment verschwunden.

11

»Jump«

– Van Halen

Meine Entscheidung, mich über das Geländer zu schwingen, war der reinste Reflex und hatte mit rationaler Überlegung nicht das Geringste zu tun. Es war eher wie eine Abfolge klarer, einfacher Bilder – Kabuki Risikoabwägung, niemandem empfohlen, der jemals seine Handlungen gegenüber den Behörden zu rechtfertigen gedenkt.

Ich sah, wie sich von der anderen Seite der Suite Männer durch die offene Tür drängten, Männer in langärmeligen schwarzen Pullis und schwarzen Hosen. In den Händen hielten sie Automatikwaffen, Maschinenpistolen, schwere Artillerie. Wenn diese Jungs Bullen waren, dann verfügte Venedig über ein gewaltiges paramilitärisches Budget. Ich sah noch die Kupferdrähte vom Kartenschloss herunterbaumeln, das sie einfach deaktiviert hatten.

Der erste Mann sah mich direkt an, sein Gesicht kam mir sofort bekannt vor. Im Unterschied zu den anderen trug er einen Anzug.

Du hast es also gefunden.

Deine kleine Touristenfalle.

Im nächsten Augenblick war ich über dem Geländer. Der Hotelbademantel flatterte in der kühlen Nachtluft um meine nackten Beine, und meine nassen Zehen klammerten sich um die Außenkante des Balkons.

Der erste Mann rief etwas auf Italienisch und richtete seine Pistole auf mich.

Ich ließ los.

Mit wild im Nichts herumfuchtelnden Armen, als könnte mir jeden Augenblick einfallen, wie man fliegt, kippte ich nach hinten und unten weg und schien sehr, sehr lange zu fallen. Lange genug, um zu denken: *Ich habe meinen Bass im Zimmer stehen lassen,* und dann: *Das tut jetzt bestimmt gleich sauweh,* während die Männer von oben weiter auf mich einbrüllten.

Und dann der Schmerz, der sich wahrscheinlich in jeder Sprache gleich anfühlte. Das Wasser presste mich zusammen, der Aufprall beförderte die Luft aus meinen Lungen, und ich hätte geschworen, dass ich einen Augenblick tatsächlich *abprallte.* Dann wurden meine Beine taub, schienen fast zu verschwinden, und ich wäre beinahe ohnmächtig geworden.

Das Wasser rings um mich war eiskalt und schwarz wie Tinte. Ich schlug wie wild um mich und fragte mich zugleich, ob ich mir etwas gebrochen hatte, kam jedoch zu dem Schluss, dass dies wahrscheinlich nicht der Fall war, sonst könnte ich keine Schwimmbewegungen machen. Aber ich konnte nicht atmen. Als es wieder ging, wurde alles ein wenig klarer.

Der Reisekoffer schaukelte vor mir auf der Wasseroberfläche. Die Schnalle war beim Aufprall aufgesprungen. Ich spürte eine Hand über meinen Arm streichen. Ich ergriff sie blindlings und zog fest daran.

»Perry!«

Gobis Stimme wehte von irgendwo weit weg heran. Es kam mir nicht in den Sinn, mich darüber zu wundern, wieso sie so weit weg sein konnte, wenn ich doch ihre Hand hielt.

Ich zog noch fester an ihrem Arm, klammerte mich mit beiden Händen daran fest, und genau in diesem Augenblick trieb die Leiche eines Mannes aus dem Koffer heraus und direkt auf mich zu. Er war schon älter, glatzköpfig, schwarz angezogen, mit einem weißen Priesterkragen, der sich gelöst hatte, als er ins Wasser gestürzt war, und jetzt an einer Seite schräg wegstand. Die Lippen des Mannes standen staunend offen, das Kanalwasser schwappte in den Mund und wieder heraus, und dann sah ich, wie seine Augen aufklappten und er mich direkt anschaute.

»Scheiße!« Das wollte ich jedenfalls sagen – jedenfalls dachte ich genau das, aber wahrscheinlich kam nicht mehr heraus als ein ersticktes: »*Aiiiggghhghh!*« Ich stieß mich von ihm ab und ruderte mit den Armen im Wasser herum. »*O Scheiße, Scheiße!*«, versuchte ich zu sagen, aber diesmal kam nur ein Schwall Bläschen aus meinem Mund. *Blubb-blibb-bripp.*

»*Perry!*«

Jetzt hörte sich Gobi besorgt an. Von oben knatterten Pistolenschüsse – eine Folge stumpfer Knalllaute, als ließe jemand ein Stück überaus tödliche Verpackungsknallfolie platzen. Rings um mich traf es wie Hagel aufs Wasser und spritzte rings um mich her in kleinen Fontänen auf. Als ich nach oben schaute, sah ich zwei Männer auf dem Balkon stehen. Orangegelbes Mündungsfeuer umzuckte sie.

Ich streckte die Arme aus und ruderte hektisch in die Richtung von Gobis Stimme und dann auf die steinerne Brücke nicht weit vor mir zu. Zumindest war es darunter dunkel. Ich holte tief Luft, tauchte weg und strampelte so fest wie ich konnte mit den Beinen.

Plötzlich war der gewölbte Raum unter der Brücke vom Röhren eines Dieselmotors erfüllt, sowohl über als auch unter Wasser. Ich tauchte auf und sah eines der flachen Vaporettos direkt auf mich zuhalten. Es war zu schnell, um darunter wegzutauchen. Ich schlug gegen den Bug und versuchte mich davon wegzustoßen, da spürte ich, wie mich etwas am Kragen des Bademantels packte, aus dem Wasser zog und aufs Deck fallen ließ. Und dann fiel ein Bündel trockenen Stoffes über meinen Kopf.

Gobis Augen blitzten mich wie ein Paar unerschwinglich teurer Ohrringe im dunklen Fenster eines Juwelierladens an.

»Nicht bewegen.«

»Du …«

»Klappe!«

» … *hast einen …*«

»Bist du taub?«

» … *Priester erschossen?*«

Gobi schlug mir die Hand vor den Mund. Erst jetzt erkannte ich, dass sie mir einen Trenchcoat über den triefend nassen Bademantel geworfen hatte.

»Runter mit dem Kopf.«

»Du bist verrückt.«

Sie widersprach mir nicht. Ich fragte mich, woher sie den trockenen Trenchcoat hatte, beschloss aber, nicht erst zu fragen – wahrscheinlich lag irgendwo auf dem Boot ein bewusstloser Tourist oder Schlimmeres. Das Vaporetto kroch weiter, spuckte Dieselabgase aus, und seine Motoren röhrten hinter uns auf, als es sich weiter auf die nächste Haltestelle zuschob. Als es anlegte, hörte ich bereits die zweitönigen europäischen Sirenen durch den Kanal heranhallen, und die blauen Lichter eines Polizeiboots blinkten vor uns in die entgegengesetzte Richtung. Mit einem Mal erwachte die Nacht rings um uns.

»Hier müssen wir raus.« Sie legte den Arm um mich, zog mich hoch und führte mich wie einen Betrunkenen auf die schwimmende Plattform des Anlegers.

»Lass gut sein, ich bin erledigt.«

»Idiot.« Niemand konnte so wütend sein wie sie. Man könnte meinen, sie hätte die Wut erfunden. Sie beugte sich leicht zur Seite, spannte das rechte Bein an und ließ dabei die rechte Hand nach hinten gleiten, und als sie wieder nach oben kam, sah ich das Messer, fast fünfzehn Zentimeter lang. Es blitzte hell in dem wenigen verbliebenen Licht auf. »Genug jetzt mit deinem Perry-Stormaire-Schwachsinn.« Sie sprach es eher wie *Schwaachsinn* aus.

»Ach, echt?«, sagte ich. »Jetzt gibt es sogar schon eine Sorte Schwachsinn, die nach mir benannt ist?«

»Los, komm.«

»Und wenn nicht? Schlitzt du mir dann die Kehle auf?«

»Nicht nötig.« Sie überlegte. »Vielleicht trenne ich bloß deine Achilles-Sehne durch und lass dich hilflos in der Gasse liegen. Kannst ja sehen, wer alles so vorbeikommt.« Das, was sie sagte, gefiel mir ebenso wenig wie das Jaulen der Sirenen auf dem Kanal. »Diese Polizisten, sie sind nicht die einzigen, die nach einem dummen amerikanischen Jungen suchen.«

»Diese Typen in deinem Hotelzimmer waren die gleichen, die mich vor Harry's Bar zusammengeschlagen haben, stimmt's?«

»Sie sind uns gefolgt.«

Mir fiel wieder die Leiche ein, die aus dem Koffer getrieben war. »Du hast einen Priester erschossen.«

»Monash?« Sie schüttelte den Kopf und sagte so etwas wie: »Pfft. Der war kein Priester.«

»Er hat aber verdammt noch mal wie einer ausgesehen.«

»Ja, und früher mal hast du gedacht, ich bin einfach nur eine Austauschschülerin.«

»Was willst du damit sagen?«

»Du musst lernen, deine Augen zu benutzen.«

»Ehrlich gesagt, hatte ich genug damit zu tun, nicht zu ersaufen.«

»Es gibt noch mehr Arbeit.«

»Echt? Nein danke. Ohne mich.«

»Du solltest mich besser kennen«, sagte Gobi und hielt das Messer so, dass ich es nicht aus den Augen verlor. »Bei mir ist es nie mit einem Mal getan.«

12

»Here I Go Again«

– Whitesnake

»Er ist nicht tot.«

Gobi blieb stehen. Sie hatte mich in einen schmalen Durchgang dirigiert, durch einen Torbogen zwischen zwei hohen Steinhäusern, die aussahen, als wären sie schon ein halbes Jahrtausend alt – obwohl »dirigieren« wahrscheinlich ein zu schwaches Wort ist, wenn einem eine Messerspitze zwischen die Rippen gehalten wird, und zwar so fest, dass die Spitze immer wieder durch den nassen Hotelbademantel piekt.

»Was hast du gesagt?«

»Der Kerl im Wasser«, sagte ich. »Monash, oder wie du ihn genannt hast. Ich habe gesehen, wie er die Augen aufgemacht hat.«

»Reiner Reflex. Ich habe fünfmal geschossen.«

»Dreimal.«

»Was?«

»Du hast dreimal geschossen.« Ich konnte die Schüsse immer noch deutlich hören. »Eins, zwei, drei.«

»Ich hatte ihn schon zweimal getroffen, bevor ich ihn in den Koffer gesperrt habe. Er kann unmöglich noch leben.«

»Wie auch immer«, erwiderte ich. »Lass mich einfach gehen. Ich habe nicht vor, dich in einer Gondel durch Venedig zu schippern, damit du noch mehr Leute umbringen kannst. Ich kann nicht mal Wasserski.«

Darauf sagte sie nichts.

»Wie hast du mich überhaupt gefunden?«

»Die Website deiner Band. Wie heißt sie? Itch-worm?«

»*Inch*worm.«

»Eure Tournee steht online zu lesen.«

»Hast du mich gestalkt?«

Sie verdrehte die Augen. »Perry, bitte! Bilde dir bloß nichts auf.«

»*Ein*«, sagte ich. »Kann es sein, dass dein Englisch wieder schlechter wird?«

»Ich habe einen Freund in Harry's Bar. Ich habe ihm dein Bild gegeben und ihm gesagt, er soll mich anrufen, sobald du auftauchst.«

»*Sobald* ich auftauche ...?« Ich sah ihr in die Augen. »Wer bildet sich hier jetzt was auf?«

Sie erwiderte meinen Blick, lächelte ein wenig und schüttelte kaum wahrnehmbar den Kopf, als hätte ich sie zugleich amüsiert und enttäuscht.

»Was denn?«, fragte ich. »Glaubst du, ich komme allein nicht zurecht? Ich hätte eigentlich mit den anderen Jungs von der Band direkt ins Hotel fahren sollen.«

»Hast du aber nicht gemacht.«

»Ich hab mich verlaufen. Ich musste irgendwo trocken werden.«

»Du hast gehofft, dass ich dort bin. Gib's zu.«

»Nein, ich –« Warum mit ihr streiten? Gobi sah nach oben, und als ich das feine Lächeln in ihrem Gesicht bemerkte, war mir klar, dass sie die Situation auf eine ganz perfide Art und Weise genoss.

»Perry. Alles ist gut.«

»Ja. Phantastisch.«

»Wir arbeiten gut zusammen, finde ich. Ein gutes Team, oder?«

»Ganz toll.« Wir waren vor einer hochaufragenden alten Kirche stehen geblieben, deren Turm irgendwo weiter oben in der Nacht verschwand. »Wie viele Priester musst du denn noch umbringen?«

»Ich hab doch gesagt, er war kein echter Priester.«

»Na schön. Wie viele Leute noch?«

»Nur noch zwei.«

»Bist du sicher?«

Keine Antwort. Wir entfernten uns von der Kirche, liefen im Schatten rings um die offene Piazza und bogen in eine noch schmalere Gasse ein. Vor uns hing ein beleuchtetes Schild im Dämmerlicht, das mit geschwungenen Buchstaben *Trattoria Sacro e Profano* verkündete. Sogar mit meinem nichtvorhandenen Italienisch konnte ich mir das übersetzen: das Wirtshaus des Heiligen und des Profanen.

Gobi blieb stehen und schaute nach hinten in Richtung Kirche, dann wieder auf den Eingang des Restaurants. Der gemauerte Eingang mit den Säulen links und rechts ließ die Trattoria selbst wie eine kleine Kathedrale aussehen. Gleich neben der Tür glänzte ein Zigarettenautomat matt im Regen.

»Weißt du überhaupt, wo wir hier sind?«, flüsterte ich.

Sie gab mir keine Antwort. Ich dachte an New York, wo sie ihren BlackBerry mit dem Stadtplan und dem eingebauten GPS benutzt hatte; davon war jetzt keine Rede. Bis jetzt hatte ich angenommen, dass sie sich in Venedig auskannte, aber jetzt schien sie ihrer Sache nicht mehr ganz so sicher zu sein.

»Warte mal – haben wir uns etwa verlaufen?«

Sie sah mich ausdruckslos an, und für den Bruchteil einer

Sekunde hatte ich den Eindruck, als würde sie mich überhaupt nicht erkennen. Dann sah ich etwas unter ihrer Nase, einen dunklen Fleck, der nach unten über die Oberlippe rann.

»Du blutest«, sagte ich. Was irgendwie komisch war, wenn man bedachte, dass uns in den letzten zehn Minuten niemand angegriffen hatte. Gobi legte den Zeigefinger an die Oberlippe und wischte ihn an ihrer Jacke ab.

»Das ist nichts.« Aber sie hörte sich ein bisschen benommen und distanziert an, als wäre sie nicht ganz bei sich, und als sie mich wieder ansah, hatte ich wieder den Eindruck, als wüsste sie nicht, wer ich war.

So hatte ich sie schon einmal gesehen, damals in New York. Damals war sie als Austauschschülerin in unsere Familie gekommen und hatte uns erzählt, sie leide an Epilepsie. Es hielt sie davon ab, den Führerschein zu machen, und ab und zu hatte sie einen Anfall. Keinen von den echt krassen, bei denen man seine Zunge verschluckte, eher so kleine Ohnmachten. Deshalb dachte ich zuerst, sie würde mir gleich wegkippen und einen Filmriss kriegen.

Aber sie hat dabei noch nie so geblutet, flüsterte eine Stimme in meinem Kopf. Das war neu. Ich war mir ziemlich sicher, dass man bei epileptischen Anfällen kein Nasenbluten bekam.

Es spielte keine Rolle. Die Muskeln meiner Beine machten sich bereit. Wenn sie wirklich gleich wegtrat, würde ich schleunigst die Fliege machen.

Aber Gobi tupfte sich lediglich das restliche Blut mit dem Handrücken von der Lippe, packte den Türgriff und schob mich in die Trattoria des Heiligen und des Profanen.

13

»Church of the Poison Mind«

– Culture Club

Drinnen roch es nach Sägemehl und feuchtem Marmor wie im Keller einer Renaissance-Kathedrale. Schattenhafte Gestalten hockten an Tischen beieinander und nippten bei Kerzenschein an Weingläsern. Zu dieser späten Stunde konnte es sich nur, wie ich annahm, um Einheimische handeln oder um Touristen, die sich verlaufen hatten. Das einzig Moderne war der verwaiste Video-Glücksspielautomat neben der Tür mit einem aufgeklebten handgeschriebenen Zettel, auf dem vermutlich »AUSSER BETRIEB« stand.

»Rühr dich nicht«, sagte Gobi und ging auf den Tresen zu. Sie hörte sich schon wieder ganz nach Gobi an. Meine Augen gewöhnten sich gerade an diese finstere, unterirdische Dunkelheit. Ich sah mir wieder die Gestalten an, die rings um uns an den Tischen saßen, und als ich erkannte, um wen es sich handelte, spürte ich, wie sich eine kalte, gummibehandschuhte Hand auf meinen Magen drückte.

Der gesamte Raum war voller Priester.

Ich ging zur Bar, stellte mich so dicht wie möglich neben Gobi und neigte mich zu ihrem Ohr. »Was hast du vor? Wir sind in einer *Priester-Bar.*«

»Jetzt verlier bloß nicht die Nerven, Perry«, sagte sie, ohne den Kopf zu drehen und ohne die Lippen zu bewegen. »Dreh dich einfach langsam um und warte.«

Das tat ich und überlegte, wie lange ich wohl brauchte,

um bis zur Tür zu kommen. Die Priester saßen an ihren Tischen, hockten schweigend in der Dunkelheit beisammen wie ein Schwarm Krähen. Dicke, dünne, alte, junge – sie mussten aus der Kathedrale auf der anderen Seite der Piazza hierhergekommen sein. Hingen sie hier immer nach der Messe herum? Beim flüchtigen Nachzählen kam ich auf acht oder zehn von ihnen, die aßen oder miteinander flüsterten, Wein tranken oder Zeitung lasen. Das Kerzenlicht spiegelte sich in ihren Brillen. Einige hatten unsere Ankunft bereits bemerkt, und ich fragte mich, ohne direkt hinzustarren, wer von ihnen wohl der falsche Priester war, welcher von ihnen diese Kneipe nicht mehr lebend verlassen würde. Ich verspürte den irrationalen Drang, ihnen zuzurufen: *Warum seid ihr eigentlich nicht in der Kirche?*

Aus dem Augenwinkel sah ich eine kurze Bewegung.

Hinter der Bar langte eine Frau nach unten und zog eine längliche Pappschachtel hervor, die an eine Verpackung für langstielige Rosen erinnerte. Sie legte die Schachtel mit einem dumpfen, aber irgendwie auch sehr lauten Geräusch auf den Tresen.

Gobi nahm die Schachtel, wog sie in den Händen und nickte. Ich sah, wie sie plötzlich eine Plastiktüte mit sorgfältig gebündelten Euros in der Hand hielt, die sie über den Tresen schob. Die Frau auf der anderen Seite ließ sie so rasch verschwinden, dass man glauben konnte, sie habe nie dort gelegen. Die ganze Transaktion dauerte keine drei Sekunden. Mir schlug mein Herz bis zum Hals, und ich war ziemlich sicher, dass ich es in drei Schritten bis zu Tür schaffen konnte.

In diesem Augenblick kam die Polizei herein.

14

»The World Has Turned and Left Me Here«

– Weezer

Es muss reines Glück gewesen sein. Kaum hatten die Bullen mit ihren dunkelblauen Uniformen und Baretts die Kneipe lachend und plaudernd betreten, wusste ich, dass sie keineswegs *uns* auf der Spur waren. Es waren nicht die Polizisten aus dem Hotel, und ihr entspanntes, lässiges Geplänkel verriet mir, dass sie einfach nur auf Streife waren und rein zufällig zur falschen Zeit am falschen Ort auftauchten.

Wie gesagt, der reine Zufall – absolutes Pech.

Sie blieben stehen und sahen uns an, und ich wusste, dass bereits ein offizieller Bericht über die Vorfälle im Hotel inklusive unserer Beschreibung die Runde gemacht hatte. Eine Frau, bewaffnet und gefährlich, schwarz gekleidet; ein junger Mann, verängstigt und nass, in einem Frotteebademantel.

»Hören Sie«, sagte ich und hob die Hände. »Ich habe nichts damit zu tun. Ich gehe einfach nur raus, ja?«

Ein Stück hinter mir klappte Gobi die Schachtel auf, die ihr die Frau hinter der Bar gegeben hatte, nahm eine abgesägte Schrotflinte heraus und richtete sie ohne zu zögern auf die Polizisten.

Beim Anblick der Flinte gingen die beiden Bullen – Carabinieri hatte sie sie genannt, ganz normale Streifenpolizisten – sofort in Verteidigungshaltung und griffen nach ihren

Pistolenhalftern, während Gobi eine Patrone in den Lauf schob und mir diesen direkt unter das Kinn klemmte.

»Was machst du?«, murmelte ich.

Die Bullen schrien beide gleichzeitig auf uns ein. Ihre Stimmen dröhnten in dem engen Raum der Trattoria dumpf und respekteinflößend. Gobi gab ihnen keine Antwort. Sie hielt den Lauf dort, wo er war, auf meinen Kopf gerichtet, in dem zwölf Jahre Schulausbildung darauf warteten, sich in einen Klecks Deckenfarbe zu verwandeln. Ihr Blick blieb auf die beiden Beamten gerichtet, die vor der Eingangstür standen. Von links und rechts starrten die Priester ungerührt mit ihren Eulenaugen zu uns herüber. Jemand Bedarf nach Sterbesakramenten?

»*Via*«, sagte Gobi, und es hörte sich wie perfektes Italienisch an. Sie ließ den Blick nicht von den Polizisten. »*Via o questo muore.*«

Die Carabinieri sahen sie an. Ihre Mienen veränderten sich, und mit einem Mal wich aller Mut und alles Adrenalin aus ihren Wangen. Langsam, ganz langsam ließen sie die Pistolen sinken und wichen von der Tür zurück.

»Was hast du ihnen gesagt?«

»Ich hab gesagt, wenn sie eine falsche Bewegung machen, bringe ich dich um.«

»Mehr nicht? Sie sahen richtig erschrocken aus.«

»Sie haben gesehen, dass ich es auch so meine.«

Gobi stieß mich durch die Tür. Dann drehte sie sich um, lehnte sich mit dem Rücken an eine der Steinsäulen neben dem Eingang, winkelte die Beine an und kippte den Zigarettenautomaten mit den Füßen so um, dass er laut krachend direkt vor die Tür fiel. Dann stieß sie mich voran, und wir überquerten wieder eiligen Schrittes die Piazza, wobei meine nackten Füße wie taub über das Pflaster stolperten.

»Wo wohnst du?«, fragte sie.

»Was?«

»Wo ist dein Hotel?«

»*Mein* Hotel? Du willst doch nicht –«

»In meine Bude können wir nicht wieder zurück, oder?«

»Ich habe keine –« Ich schüttelte den Kopf, als müsste ich ein paar durcheinandergeratene Gedanken-Legos wieder miteinander in Kontakt bringen. »Ich weiß es nicht mehr.«

»Wir müssen eine Weile verschwinden. Irgendwohin, wo es ruhig ist.«

»Wie wär's mit Connecticut?«

Wie auf Stichwort ergossen sich laute Stimmen in die Piazza. Sie klangen ausgelassen und betrunken. Eine Gruppe junger Amerikaner in den Zwanzigern wankte auf uns zu, laut und johlend, auf dem Nachhauseweg von einer Kneipe.

»Hey, Alter!«, rief einer von ihnen und rammte die Faust in die Luft. »Viva la Résistance!«

»Wir müssen sofort von der Straße runter«, sagte Gobi. »Sonst gibt es für uns nur noch den Tod.«

»Dann war also keiner der Priester da drin dein Ziel?«

»Nein, das war ein einfacher Waffenkauf«, antwortete sie achselzuckend, »mehr nicht. Hier in Venedig habe ich kein Ziel mehr, aber wir müssen uns jetzt unbedingt eine Weile verstecken.« Die Flinte drückte sich in meine Lendenwirbel. »Wo ist dein Hotel?«

Ich schloss die Augen und versuchte mich an den Namen zu erinnern, den Norrie am Telefon genannt hatte. Auf einmal war er wieder da. Ein Dank den Fähigkeiten, die man sich in der Schule angeeignet hatte. »Guerrato«, sagte ich, »jedenfalls so ähnlich. Pensione Guerrato? In der Nähe der Rialtobrücke?«

Auf der gegenüberliegenden Seite der Piazza, hinter der Kirche, blieb Gobi vor einer Telefonzelle der Italia Telecom stehen, packte den Hörer und drückte mich nach unten ins Dunkle, während sie, wie ich vermutete, die Auskunft anrief. Ich hörte sie etwas auf Italienisch murmeln. Als sie mich wieder nach oben zog, waren wir schon wieder in Bewegung, überquerten die bisher größte Steinbrücke, von der man einen dunklen Kanal und geschlossene Fenster sah, teure Galerien und Luxusläden, aber nichts erschien mir verlockender als die Aussicht, hier lebend wieder herauszukommen.

15

»Happiness Is a Warm Gun«

– The Beatles

»Moment.«

Es war nur ein Flüstern. Wir befanden uns auf einem Platz direkt neben einem Kanal, es war schon irgendwas nach ein Uhr morgens. Grünlichschwarzes Wasser schwappte gegen Stufen und Türschwellen. Ich blieb stehen, Gobis Hand auf meiner Schulter, und sah, dass sie auf die andere Seite des winzigen Platzes schaute, an einer Reihe von Handkarren vorbei, die über Nacht zugedeckt worden waren, hinein in eine schmale Straße ein Stück rechts von uns.

»Was denn?«

Sie gab mir keine Antwort. Im nächsten Augenblick setzte sie sich in Bewegung, überquerte den kleinen Platz und ließ mich einfach allein im Mondschein stehen.

Ich muss hier weg, dachte ich.

Bis zu diesem Moment hatte ich irgendwie geglaubt, dass Gobi uns zu meinem Hotel bringen würde, wo ich mich bemerkbar machen konnte, in der Hoffnung, dass Linus und die anderen zu meiner Rettung kommen, vielleicht mit einem Arsenal an Gitarren und Mikrofonen herbeistürmen und sie mit ein paar Strophen aus »All the Young Dudes« ablenken würden, während ich die Polizei anrief. Jetzt wurde mir klar, dass ich sie damit nur in Gefahr bringen würde. Diese Tournee war gelaufen. Wenn ich mit Gobi bei ihnen auftauchte, wäre das ungefähr so, als würde ich eine entsicherte Handgranate durch den Mittelgang einer DC-10 rollen lassen. Man konnte ihr einfach nicht entkommen; man konnte nur hoffen, dass man sie überlebte.

Ich musste wegrennen, so weit wie möglich. Vielleicht fand ich einen Job auf einem Fischerboot, das mich bis nach Capri mitnahm, wo ich am Strand eine Bar aufmachen, Sandalen mit Bastsohle tragen und den Rest der Band benachrichtigen würde, damit sie zu mir kämen, sobald die Luft rein war.

Ich drehte mich um und lief eilig in die entgegengesetzte Richtung, wobei ich nach Möglichkeit den Weg suchte, auf dem ich am wenigsten sichtbar war. Hinter mir hörte ich, wie etwas scheppernd über das Steinpflaster kratzte.

Etwas Großes, Übelriechendes prallte von hinten gegen mich, und zwar so fest, dass es mich von den Beinen riss. Es war so, als hätte mir jemand eine Rolle Teppichreste in den Rücken geworfen. Ich kam ins Straucheln, fing mich wieder, schabte mir die Handflächen auf und drehte den Kopf. Ich sah einen bärtigen Typen mit einem schweren Wollmantel neben mir auf dem Boden liegen. Er hielt sich stöhnend den Kopf, und aus dem Schnitt in seinem Gesicht tropfte Blut. Er versuchte sich aufzurichten und fluchte etwas auf Deutsch oder Arabisch oder Russisch, jedenfalls in einer dieser gutturalen Sprachen, die hauptsächlich aus Verdrossenheit und Schleim zu bestehen schienen.

Gobi schien ihn sofort zu erkennen. »Swierczynski.« Ihr Stiefel krachte auf die Brust des Mannes und drückte ihn gegen das Pflaster. »Keine Bewegung.« Als ich mich halb aufgerichtet hatte, sah ich, dass sie die Schrotflinte auf seinen Kopf richtete, aber er und ich lagen so dicht beieinander, dass sie das Ding ebenso gut auf mich hätte richten können. »Mach den Mantel auf.«

Der Kerl, Swierczynski, murmelte etwas in seiner eigenen Sprache.

»Aufmachen, sofort.« Gobi langte nach unten und riss den Mantel auf, unter dem sich eine Kamera mit einem teuer aussehenden Teleobjektiv verbarg, die an einem Gurt um seinen Hals hing. Sie musterte die Kamera mit einem finsteren Blick, als hätte sie nichts anderes erwartet.

»Arbeitest du jetzt für Kaya?«, fragte sie.

Der Kerl funkelte sie an und nickte dann widerwillig.

»Sag Kaya, dass ich kein Kindermädchen brauche.« Sie entriss ihm die Kamera, durchsuchte seine anderen Taschen und zog ein Springmesser, ein Handy und ein dickes Bündel Euros heraus. Sie steckte alles ein. »Sag ihm, dass ich den Job wie besprochen erledige.«

Swierczynski nickte wieder.

»Sag ihm, dass ich ihm den nächsten Schatten, den er hinter mir herschickt, in Einzelteilen zurückschicke. Kannst du dir das alles merken, oder soll ich es dir in die Brust einritzen?«

»Blöde Kuh.« Der Mann spuckte Blut in ihre Richtung. Es war ein osteuropäischer Akzent, vielleicht Polnisch. »Ich bin kein Idiot.«

»Die Leute vergessen manchmal alles, wenn sie was auf den Schädel bekommen.«

Er verzog höhnisch das Gesicht. »So fest hast du mich nicht erwischt.«

»Noch nicht.« Gobi drehte sich zu mir. »Schlag ihn.«

»*Ich?*«

»Höchste Zeit, dass du kämpfen lernst.«

»Nein.«

Sie drehte sich um und richtete die Flinte wieder auf ihn. »Mach schon, sonst mache ich ihn sofort alle.«

»Also jetzt mal ehrlich …«

»Mach eine Faust.«

»Ich weiß, wie man zuschlägt.« Ich sah den Mann mit dem Bart an, der darauf wartete, dass ich ihm eine reinhaute.

»Stell die Füße auf Schulterbreite auseinander«, sagte Gobi und nahm die beschriebene Position ein. »Geh leicht in die Knie. Ellbogen zurück, Fäuste hierhin. Beim Kendo nennt man das die Pferdestellung.«

»Hör mal, ich hab wirklich keine Lust –«

Swierczynski griff nach der Flinte. Nicht sehr flink, weder besonders schnell oder elegant, aber er hatte das Überraschungsmoment auf seiner Seite, und einen Augenblick sah es fast so aus, als würde er es schaffen. Dann trat Gobis rechter Fuß so schnell zu, dass mir der Kerl beinahe leidtat. Ich hörte die Knorpel in seinem Knie platzen, als sie sein Bein zur Seite kickte und er wie ein Sack zusammenbrach.

Gobi hob das Gewehr auf und zielte auf seinen Kopf. »Das wird jetzt laut.« Sie hatte eine andere Haltung eingenommen, als bereitete sie sich schon auf den Rückstoß vor. »Mach dich bereit.«

Swierczynski hob den Kopf. »Wenn du mich umbringst«, sagte er mit tiefer Stimme in seinem ziemlich holprigen Englisch, »bist du selbst dran. Dafür wird Kaya sorgen.«

Gobi rührte sich nicht.

»Er hat mir alles gesagt.« Seine Lippen verzogen sich zu einem hässlichen Grinsen, und er zeigte auf seine Schläfe. »Er hat mir gesagt, dass die Kugel schon in deinem Kopf ist.«

Gobi atmete aus. Dann senkte sie, ohne etwas zu sagen, das Gewehr und richtete es wieder auf mich.

»Los, geh«, sagte sie zu mir, und wir ließen ihn einfach dort auf dem Platz liegen.

16

»Know Your Enemy«

– Green Day

Wichtige Fragen, die zu diesem Zeitpunkt zur Diskussion stehen:

1. Wer ist Kaya?
2. Warum hat der Kerl uns verfolgt, und warum wollte er Gobi fotografieren?
3. Wieso brachte Gobi als Priester verkleidete Männer um?
4. »Die Kugel ist schon in deinem Kopf«? Hä?
5. Wen oder was hatte Kaya, damit er eine gewisse Macht über Gobi ausübte?
6. Würde ich jemals wieder etwas anderes als einen gestohlenen Trenchcoat über einem nassen Hotelbademantel tragen?
7. War das wirklich der absolute Höhepunkt meines Aufenthalts in Venedig? Denn wenn ja – Mann, was für eine Enttäuschung.

17

»There Are Some Remedies Worse Than the Disease«

– This Will Destroy You

Gobi antwortete mir natürlich auf keine dieser Fragen, sondern stieß mir nur beim Gehen den Gewehrlauf in den Rücken. Wir unterhielten uns in einer dieser lustigen ausgedachten Sprachen: Ich stellte ihr eine Frage, und sie stieß mir die Flinte ins Kreuz. Seit meinem frühzeitig abgebrochenen Fluchtversuch auf dem kleinen Platz blieb die Flinte exklusiv auf mich gerichtet. Ich kam mir wie etwas ganz Besonderes vor.

»Hat dich Kaya angeheuert, damit du die Kerle umbringst, die als Priester verkleidet sind?«

»Kaya hat mich nicht angeheuert.«

»Warum machst du's dann?«

»Ich bin kein Auftragskiller.«

Die Flinte schob mich energischer weiter. Das Schild der Pensione Guerrato hing linker Hand am Eingang zu einer Gasse, die vom leeren Marktplatz des Rialto Mercato abging. Gobi schenkte der Überwachungskamera einen kurzen Blick und machte einen Schritt zurück.

»Du drückst.« In sicherem Abstand von der Tür senkte sie den Gewehrlauf und stieß mich in Richtung des Messingschilds der Gegensprechanlange. »Halte den Kopf gesenkt.«

Ich senkte den Kopf, drückte auf den Knopf und wartete eine Weile, bis mir eine Männerstimme aus dem Lautsprecher antwortete. »*Buona sera.*«

»Äh, hallo. Sprechen Sie Englisch?«

»Ja.«

»Ich heiße … äh …« Ich konnte an gar nichts mehr denken. »… James Morrison. Ich brauche ein Zimmer für eine Nacht.«

Ein Summton ertönte, und ich drückte die Tür auf. Sie führte in eine schmale Diele mit polierten Holzwänden und einer steilen, knarrenden Treppe, die nach oben in, wie es schien, schwindelerregende Höhen führte. Gobis Schritte blieben die ganze Zeit dicht hinter mir, und ich spürte die Flinte mit sanftem Druck im Rücken – eine unangenehme Erinnerung daran, dass wir noch nicht miteinander fertig waren.

Oben angekommen, standen wir auf einem Treppenabsatz, der mit antiken Stühlen und Statuen sowie mit spitzenbehängten Tischchen und Deckenlampen eingerichtet war. An der gegenüberliegenden Wand standen Bücherregale, links und rechts davon waren alte Stadtpläne und Opernplakate zu sehen. Hinter dem Empfangstresen stand ein vornehmer, nach *GQ* aussehender Typ in den Fünfzigern neben einem Flachbildschirm, vor sich eine Tasse Tee.

Ich ging auf ihn zu, wobei ich versuchte, den Trenchcoat am Hals zuzuhalten, damit man nicht sofort sah, dass ich darunter einen Bademantel anhatte. »Ich bin James.« Ich räusperte mich. »Das ist meine Freundin Gobi.«

»Ja, selbstverständlich.« Der Mann lächelte, und Gobi lächelte zurück, nahm mich am Arm und legte den Kopf auf meine Schulter. Im Spiegel sah ich uns beide eng beieinander stehen und musste, benommen wie ich war, über den Anblick staunen. Insbesondere mit dem Fotoapparat um Gobis Hals sahen wir wie zwei müde Reisende aus, die nach einem langen Tag einfach nur zusammen ins Bett fallen wollten.

»Ich heiße Benito«, sagte der Mann. »Herzlich willkommen.« Er reichte uns einen großen Messingschlüssel mit einer Troddel dran. »Ihr Zimmer ist die Vierzehn, gleich die Treppe rauf.«

»Haben Sie vielleicht etwas Abgeschiedeneres?« Gobi holte das Geld, das sie Swierczynski abgenommen hatte, schälte mehrere große Scheine herunter und legte sie auf den Tresen. »Vielleicht eine Suite in einem anderen Teil des Hotels?«

Benitos Blick glitt über das Geld. »Aber selbstverständlich, *signora.*« Im Handumdrehen hatte er den Schlüssel wieder an den Haken gehängt und uns einen anderen ausgehändigt. »Ich kann Sie ganz bestimmt zu Ihrer Zufriedenheit unterbringen.«

»Wir mögen es lieber zurückgezogen«, sagte Gobi und blätterte noch einen Hunderter auf den Tresen. »Außerdem wäre es uns sehr recht, wenn Sie in dieser Hinsicht absolut diskret vorgehen würden.«

»Absolut.«

»Vielen Dank«, sagte Gobi, nahm den Schlüssel und stupste mich in Richtung Treppe.

*

»Willst du mich im Ernst am Bett festbinden?«, fragte ich.

»Nur die Arme.« Sie zog die dicke, geflochtene Kordel fester, die sie von den Vorhängen abgeschnitten hatte, und überprüfte die Knoten an meinen Handgelenken. Ich lag auf dem Rücken, die Arme über dem Kopf, und zitterte. Ohne den nassen Bademantel lag ich jetzt nackt unter den

Decken, die sie über mich geworfen hatte. »Ich möchte dich nicht verlieren, Perry.«

»Wie romantisch.«

Sie schüttelte den Kopf. »So denkst auch nur du.«

»Ich kann so nicht schlafen.«

»Versuch's.«

»Und was soll ich machen, wenn meine Kumpels morgen früh die ganze Bude auseinandernehmen und nach mir suchen?«

»Bis dahin bin ich längst weg.«

»Warte mal – was?«

Sie schaltete das Licht aus. Kurz darauf hörte ich die Dusche angehen. Nachdem sie wieder abgedreht wurde, ging die Badezimmertür knarrend auf. Es roch nach feuchter Luft und Seife, irgendeinem Shampoo und Spülung. Dann leuchtete ein winziges Handy-Display auf und schwebte in der Dunkelheit auf der anderen Seite des Zimmers hin und her. Es war das Telefon, das sie Swierczynski abgenommen hatte. Ich hörte sie etwas auf Litauisch murmeln, sanfte Konsonanten und S-Laute, kaum mehr als ein Flüstern. Es erinnerte mich an die Zeit, als sie bei uns in Connecticut gewohnt hatte und ich sie manchmal durch die Zimmerwand hatte reden hören. Damals hatte ich gedacht, sie telefoniere mit ihrer Familie in Litauen. Aber wen rief sie jetzt an?

Obwohl ich ihr versichert hatte, ich könne mit den Armen über dem Kopf nicht schlafen, muss ich eingedöst sein, denn irgendwann spürte ich, wie sie neben mir ins Bett kroch, hörte, wie die Bettfedern unter mir quietschten. Obwohl unsere Körper sich nicht berührten, war ich mir der Wärme ihrer Haut zwischen den kühlen Laken bewusst, hörte ihren leisen, gleichmäßigen Atem. Ihr nackter Arm streifte meinen. Ich roch Leder, und der leise Meeresduft von draußen vermischte sich mit dem Duft des Zeugs, mit dem sie sich die Haare gewaschen hatte.

»Gobi?«

»Was?«

»Ich kann echt meine Arme nicht mehr spüren.«

»Ich schon.« Sie drehte sich zu mir und legte eine Hand auf meine Brust. »Dein Herz klopft sehr stark.«

»Schmerz beschleunigt die Herzfrequenz.«

»Willst du jetzt wirklich darüber reden?«, fragte sie. »Schmerzen?«

»Nein, nicht.« Ich versuchte mich wegzudrehen, aber die Kordeln um meine Handgelenke ließen das nicht zu. »Ich hab dir doch gesagt …«

Ihre Hand glitt über meinen Bauch und weiter nach unten. »Jetzt sagst du mir aber etwas ganz anderes.«

»Das ist –«

»Was?«

» …«

» …«

Sie kicherte leise, tätschelte meine Brust und drehte sich auf den Rücken. »Schlaf jetzt«, sagte sie. »Morgen haben wir viel vor.«

18

»Panic Switch«

– Silversun Pickups

»Perry?«

Ich machte die Augen auf und versuchte mich aufzurichten, aber dann fiel mir ein, dass das nicht ging. Meine Schultern brannten, und mein Nacken tat höllisch weh, als hätte ich unterhalb des Schädels Eisenstäbe im Rücken stecken. Rechts von mir wurden mit einem metallischen Rasseln die schweren Vorhänge aufgezogen. Das Tageslicht knallte mir voll ins Gesicht. Es war so grell, dass ich die weibliche Silhouette davor kaum erkannte.

»Alles klar«, stammelte ich, »es ist Morgen. Würdest du mich jetzt bitte losbinden?«

Meine Augen gewöhnten sich an das helle Licht. Nach und nach sah ich, wer sich da über mich beugte.

Es war Paula.

*

Sie stand zwischen mir und dem Fenster und trug den Mantel, in dem sie zweifellos in Venedig angekommen war. In einer Hand hielt sie noch ihre Aktentasche, in der anderen ihren Koffer. Wir starrten einander einen Moment an. Erst jetzt merkte ich, dass die Laken bis zu meinen Hüften heruntergezogen waren, gerade weit genug, um keinen Zweifel daran zu lassen, dass ich darunter nichts anhatte. Mit einem Mal wurde ich mir meiner merkwürdigen Stellung auf dem Bett peinlich bewusst.

»Ich … Ich habe in L. A. früher Schluss gemacht.« Sie blinzelte genau ein Mal. Die Worte fielen aus ihrem Mund wie uralte Bonbons aus einem Automaten und blieben zwischen uns liegen. »Ich habe einen Flug erwischt. Ich wollte dich überraschen.«

»Das ist dir gelungen.«

»Allerdings.« Auch dieses Wort gesellte sich zu den anderen. »Ich bin selbst sehr überrascht.«

»Ein Glück, dass du hier bist«, sagte ich. »Gobi –«

»Gobi?« Ihre Augenbrauen wanderten noch ein Stück höher, falls das überhaupt möglich war. »Gobi ist hier?«

»Was glaubst du wohl, wer das hier getan hat?« Ich zerrte an der Kordel, als müsste ich ihre Aufmerksamkeit noch mehr auf die Tatsache lenken, dass ich an die Bettpfosten gefesselt war. »Kannst du mich losschneiden?«

Paulas Blick wanderte über Gobis Kleider, die im Zimmer verstreut lagen, eine Bluse auf dem Nachttisch, etwas Rotes, mit Spitzen Besetztes baumelte am Türknauf. Irgendwo in meinem benebelten Hirn wurde mir klar, dass Gobi früh aufgestanden und einkaufen gegangen sein musste, dann war sie wohl wieder hierher zurückgekommen und hatte sich umgezogen, während ich noch tief und fest geschlafen hatte. Hätte sie nicht wenigstens hinter sich aufräumen können?

Als Paulas Blick sich wieder auf mich richtete, war er noch schwerer zu lesen. Die Überraschung war daraus verschwunden. An ihre Stelle war etwas anderes getreten, eine geschäftsmäßige Entschlossenheit, als betrachtete sie die Situation plötzlich durch völlig andere Kontaktlinsen. »Natürlich.«

»Warte, Paula –«

»Ich bin gleich wieder da. Ich will nur mal nachsehen, ob sie am Empfang etwas Spitzes und Scharfes haben.«

Die Tür fiel ins Schloss. Ich lag immer noch da, starrte eine gefühlt ziemlich lange Zeit an die Decke und versuchte, die unterschiedlichen Flecken zu identifizieren. Einer sah wie ein Fisch aus. Einer wie ein Vogel. Einer sah aus wie meine in sich zusammenschnurrende Zukunft.

Ich schaute auf die Digitaluhr auf dem Nachttisch und sah, dass es irgendwie schon fast zwei Uhr nachmittags war. Falls Linus und die Band das Hotel nach mir durchsuchten, dann waren sie noch nicht so weit, sämtliche Türen aufzubrechen.

Schließlich kam Paula mit einer sehr tödlich aussehenden Schere zurück. Sie beugte sich über das Bett zu meinen festgebundenen Armen, wobei sie jeden Augenkontakt vermied.

»Halt still.«

»Hör mal«, sagte ich, »Paula –«

»Ich bin aus einem bestimmten Grund gekommen.« *Schnipp-schnipp.* »Armitage landet heute Nachmittag hier.« *Schnipp.* »Er will sich vor dem Auftritt persönlich mit dir treffen.« Sie war mit der ersten Kordel fertig und machte sich an die zweite. »Ich muss mich wohl nicht erkundigen, wie die Tour bis jetzt gelaufen ist?«

»Lass den Quatsch«, erwiderte ich. »Hörst du mir mal zu?«

Schnipp-schnipp. »Ich bin nicht sauer, Perry, kapiert? Ich bin erwachsen. Ich verstehe das sehr gut.«

»Aber ich habe dir überhaupt noch nichts gesagt.«

»Musst du auch nicht.«

»Aber ich –«

»Ich habe gelesen, was du über sie geschrieben hast, schon vergessen? In deinem College-Aufsatz?«

»Ja, schon«, sagte ich, »aber das hat überhaupt nichts –«

Schnipp. »Ich hätte dich nie nach Venedig schicken sollen.«

»Ich habe überhaupt –«

Schnipp. »Ich sollte mal meinen Kopf untersuchen lassen.«

»Paula, sie bringt schon wieder Leute um.«

Die Schere erstarrte mitten im *Schnipp.* Paula richtete sich auf und sah mich an. »Was?«

»Gobi. Sie arbeitet für jemanden namens Kaya. Er hat irgendwas über sie in der Hand, ich weiß auch nicht, was, aber er zwingt sie zu irgendeinem neuen Auftrag. Die Ziele … einer von ihnen hatte Priesterkleidung an! Sie hat mich gestern Abend gezwungen, ihr dabei zu helfen, die Leiche von ihrem Hotelbalkon in den Kanal zu werfen.«

»Du hast ihr geholfen, eine *Leiche* loszuwerden?«

»Genau. Gestern Abend hat sie außerdem in einem Restaurant eine Schrotflinte gekauft und sie den ganzen Weg hierher auf meinen Rücken gerichtet. Wir müssen sofort die Polizei anrufen, bevor Gobi zurückkommt.«

Paula schnitt das letzte Stück Kordel durch. Endlich war auch meine linke Hand frei. Ich streckte den Arm aus und versuchte, das Prickeln aus den eingeschlafenen Gliedmaßen zu verscheuchen und den Blutkreislauf wieder in Gang zu setzen. Sie hatte immer noch nichts gesagt. Ein Blick in ihre Augen verriet mir, dass sie fieberhaft nachdachte, die Situation abschätzte und ihre Möglichkeiten analysierte.

»Du hast gesagt, du hast ihr geholfen?«, fragte sie.

»Nein! Ich meine, ja, aber –«

»Hat dich jemand dabei gesehen?«

Ich dachte an unser Zusammentreffen mit den Carabinieri in der *Trattoria Sacro e Profano.* »Also, na ja, schon, aber –«

»Die Polizei?«

»Ja.«

»Und sie haben dein Gesicht gesehen.« Paula seufzte. »Damit bist du bereits ein Komplize.«

»Was?« Ich stand auf. »*Nein!* Ich hab dir doch gesagt, dass sie ein Gewehr auf meinen –«

»Perry«, sagte Paula, »hör mir mal genau zu. Ich glaube dir, so viel ist klar. Aber du musst die Sache von deren Warte aus betrachten. Momentan bist du einfach nur ein junger Amerikaner auf einer Rock'n'Roll-Tournee, den sie zuletzt bei einer Bonnie-und-Clyde-mäßigen Schießerei mit einer bewaffneten Psychopathin gesehen haben. So ein internationaler Zwischenfall kann sehr schnell aus dem Ruder laufen. Selbst wenn es keine Video-Aufnahmen von dir gibt, haben sie dein Fahndungsbild inzwischen wahrscheinlich neben dem von Gobi an Interpol weitergegeben.« Sie schloss die Augen und holte tief Luft. »Ehe wir irgendetwas unternehmen, brauchst du einen italienischen Anwalt, sonst dürfte deine nächste Station ein italienisches Gefängnis sein.«

»Gefängnis?« Ich spürte, wie mein Magen wegsackte und mir plötzlich übel wurde. Ich konnte nicht mehr atmen, als hätten meine Lungen irgendwie Lampenfieber bekommen und vergessen, wozu sie eigentlich da waren. In meinem Gehirn tauchte jeder einzelne Film auf, in dem ein Typ in einem ausländischen Gefängnis landet, den ich bereits gesehen hatte. Ich überlegte bereits, wie viele Päckchen Zigaretten ich auf dem freien Markt wohl wert war.

Als ich schließlich wieder Luft holen konnte, hörte sich meine Stimme schwach und piepsig an wie ein asthmatisches Keuchen aus einem verstopften Gartenschlauch. »Ich kann nicht ins Gefängnis«, sagte ich. »Mein Vater –«

»Ich weiß.«

»Was machen wir jetzt?«

»Zuallererst müssen wir hier raus.«

»Und dann?«

Paula runzelte die Stirn. »Gut möglich, dass uns Armitage helfen kann.«

Ich sah sie an und gestattete mir einen sehr, sehr kleinen Funken Hoffnung. »Wie denn?«

»Zum einen ist er Milliardär. Leute wie er haben stets eine Horde Anwälte um sich. Und aus irgendeinem Grund, Stormaire, hat er dich ins Herz geschlossen.« Sie lächelte ein bisschen. »Er lässt auf keinen Fall zu, dass Inchworm zu den Aufnahmen ihres ersten Albums ins Studio geht, während ihr Bassist und Songwriter in einer Gefängniszelle irgendwo in Venedig verrottet, oder?«

»Also, was jetzt?«

»Wir gehen irgendwohin und verhalten uns unauffällig.« Sie schaute auf ihre Uhr. »Noch etwas mehr als sechs Stunden bis zu dem Termin mit ihm heute Abend. Und dann müsst ihr nichts anderes tun, als einen dermaßen genialen Auftritt hinlegen, dass Armitage alles tut, damit du nicht in den Knast kommst.«

»Ich muss den Jungs sagen, dass ich hier bin.«

Paula schüttelte den Kopf. »Nichts gegen Linus, aber zu diesem Zeitpunkt können wir seine besondere Note schriller Rhetorik überhaupt nicht gebrauchen. Mit ihm beschäftigen wir uns noch früh genug.«

Ich wusste genau, was sie meinte. »Alles klar, aber –«

»Eins nach dem anderen.« Sie sah mich wieder mit einer hochgezogenen Augenbraue an. »Wo sind eigentlich deine Klamotten?«

»Die hab ich seit gestern Abend nicht mehr gesehen.«

»Du läufst seit gestern Abend nackt durch die Gegend?«

»Abgesehen von einem Hotelbademantel und einem geklauten Regenmantel, ja«, antwortete ich.

»Ich schicke den Empfangschef mit meiner Kreditkarte los.« Paula schüttelte den Kopf, aber sie lächelte immer noch. »Ehrlich gesagt, Stormaire, als ich dich so am Bett gefesselt gesehen habe, ist es mir schon ein bisschen kribbelig geworden.«

»Das freut mich«, sagte ich. »Denn so, wie du mich angesehen hast, dachte ich schon, du würdest gleich etwas anderes abschneiden.«

»Spinnst du? Nachdem ich so lange gewartet habe? Es würde mir vielleicht mehr fehlen als dir.«

»Das bezweifle ich.«

Sie lächelte, dann faltete sie das Lächeln zusammen und verstaute es irgendwo, war auf einmal wieder ganz geschäftsmäßig. Es war verblüffend, wie sie das machte, aber ich konnte mir nicht vorstellen, dass sie nicht auf meiner Seite war.

»Eins würde mich noch interessieren?«

Paula hob den Blick. »Was denn?«

»Woher wusstest du, in welchem Zimmer ich bin?«

»Du hast unter dem Namen James Morrison eingecheckt, Perry. Da hättest du auch gleich ein Schild an die Tür kleben können.«

»Stimmt.«

»Also, los jetzt«, sagte sie und warf mir einen lüsternen Blick zu. »Wir müssen dir ein paar Sachen zum Anziehen besorgen, ehe ich den schwachen Rest meiner Willensstärke verliere.«

19

»Busy Child«

– The Crystal Method

In einer Stadt wie Venedig behaupten die meisten etwas gehobeneren Hotels, sie seien irgendwann einmal ein Palast gewesen. Aber es gab Paläste und es gab *Paläste,* und das Gritti, in dem wir laut Paula ein Zimmer hatten, war ein mit Seidentapeten und Marmorböden ausgestattetes, mit Gold verschnörkeltes Wunder der Alten Welt, was nicht ganz zu dem passte, was ich mir unter »unauffällig verhalten« vorgestellt hatte. Der abgerissene Junge, der mich aus den Spiegeln in der Eingangshalle anschaute, sah nicht so aus, als gehörte er hierhin, aber andererseits sah er auch nicht so aus, als würde er sonst irgendwohin gehören.

»Kannst du dir das leisten?«, murmelte ich und sah mich in der fast leeren Halle um.

»Armitage hat hier eine ständige Suite.«

»Ist er denn schon hier?«

»Wir treffen uns später mit ihm, zum Abendessen. Ganz ruhig, ja? Warte dort bei den Fahrstühlen auf mich.«

Während Paula eincheckte, verzog ich mich hinter eine Säule und versuchte unauffällig auszusehen. Ich hatte enge europäische Jeans und ein Venedig-T-Shirt an, dazu eine Basecap plus Sonnenbrille. Über eine Schulter hatte ich den Kleidersack geschlungen, den mir Benito vom Empfang der Pensione Guerrato noch besorgt hatte, bevor wir uns aus dem Staub machten.

Als Paula mit dem Schlüssel zurückkam, fuhren wir mit dem Fahrstuhl zu Armitages Suite hinauf, von wo aus ich den Blick über den Canal Grande und die Stadt dahinter schweifen ließ. Dabei versuchte ich nicht daran zu denken, dass ich vor weniger als vierundzwanzig Stunden versucht hatte, aus ähnlicher Höhe eine Leiche loszuwerden.

»Gefällt dir die Aussicht?«

»Wahnsinn.«

»Perry ...«

Ich drehte mich um. Paula saß auf dem Bett und sah mich auf eine Art und Weise an wie noch nie zuvor.

»Wir müssen noch ein paar Stunden totschlagen«, sagte sie. »Irgendwelche Vorschläge?«

»Wir könnten uns Champagner bringen lassen.«

»Hört sich schon mal gut an. Aber was machen wir dann?«

Ich setzte mich neben sie aufs Bett, und wir fingen an, uns zu küssen. Paulas Hand schob sich unter mein T-Shirt, und schon kippten wir nach hinten auf die Bettdecke. Mir fiel nur noch ein: Jetzt ist es so weit. *Du bist in Europa, du bist allein in einem Hotelzimmer, und du kannst machen, was du willst.* Ich dachte daran, dass die meisten Jungs, meine Freunde eingeschlossen, ihre Unschuld auf dem Rücksitz eines Autos oder auf dem Sofa ihrer Freundinnen verloren hatten, in der Hoffnung, dass ihr Vater nicht hereinplatzte und sie dabei erwischte. Verglichen damit erlebte ich einen Traum.

Paula setzte sich wieder auf und sah mich an. »Stimmt was nicht?«

»Wieso?«

»Du bist irgendwie abgelenkt.«

»Nein, alles bestens, ehrlich.«

»Ich wusste es.« Ihr Blick bohrte sich in meinen. »Du denkst an sie, stimmt's?«

»Was?« Ich schüttelte den Kopf. »An Gobi? Spinnst du?«

»Ich bin nicht blöd, Perry.«

»Warte«, sagte ich und nahm sie am Arm. »Hör mir einfach mal zu, ja?«

Sie erwiderte nichts, sondern starrte mich einfach nur an.

»Glaub mir«, sagte ich, »ich möchte jetzt mit niemand anderem als mit dir hier sein. Mit niemandem.«

Paula hielt den Blick auf mich gerichtet. Ihr Gesichtsausdruck veränderte sich. Irgendwo weiter unten auf der Piazza läutete eine Kirchenglocke. Sie holte tief Luft.

»Beweise es.«

*

»Perry? Bist du fertig? Es ist Zeit.«

»Einen Moment noch.« Es war inzwischen fast achtzehn Uhr, und ich stand immer noch im Bad und fummelte an meinem Schlips herum. »Bin gleich so weit.«

Paula antwortete nicht gleich. Sie biss sich auf die Unterlippe und machte ein komisches Gesicht, halb angesäuert, halb verlegen, ein Gesicht, wie ich es bei ihr noch nie gesehen hatte. Der europäisch geschnittene Anzug, den mir Benito vom Empfang gegeben hatte, passte mir ziemlich gut – genau genommen passte er fast zu gut. Die schmalen, unten enger werdenden Hosen und die Anzugjacke schmiegten sich in geraden, eleganten Linien an meinen Körper. Das Hemd war aus einem hauchdünnen, seidigen Material, das sich anfühlte, als würde es sich auflösen, wenn es nass wurde, und der Schlips dazu kam sehr schick und genau auf den Punkt. In meinen schmalen schwarzen Lederschuhen konnte man sich spiegeln. Irgendwo im Universum fragte mich jeder Typ, mit dem ich mir je *RoboCop* angeguckt habe, ob ich vielleicht ein Glas Chardonnay zu meiner *Greatest Hits*-CD von Céline Dion haben möchte.

»Du siehst … toll aus«, sagte sie. »So habe ich dich noch nie gesehen. Ich könnte dich glatt vernaschen.«

»Immer noch?«

»Schon wieder.«

»Jetzt?«

»Immer.«

»Aha«, sagte ich. »Vielen Dank auch. Du siehst aber auch sehr appetitlich aus.«

»Ich musste ganz eilig packen.« Offensichtlich bedeutete »ganz eilig« ein tief ausgeschnittenes schwarzes Cocktailkleid mit einem stilisierten Reißverschluss, der quer über die Vorderseite lief, ein weißes bauchfreies Pelzjäckchen und Stilettos, für die man höchstwahrscheinlich einen Waffenschein brauchte. Ich habe eindeutig zu viel Zeit mit Gobi verbracht, dachte ich, wenn ich jetzt schon modische Accessoires mit den Augen eines Geheimagenten betrachtete. Paula trug die Haare hinten hochgesteckt, was ihren Hals und die Ohren betonte, an denen sie keinerlei Schmuck trug. Etwas an dieser gebräunten, durch nichts unterbrochenen Haut verlangte danach, dass ich sie küsste – was wohl genau der erwünschte Effekt war.

»Vergiss deine Sonnenbrille nicht.« Sie bot mir ihren Arm. »Können wir?«

Wir nahmen den Aufzug nach unten und sahen beide

den wechselnden Zahlen zu. Auf einmal legte sie eine Hand auf meine Brust.

»Wie fühlst du dich?«

»Gut.«

»Ganz bestimmt?«

»Klar.«

Sie drehte sich zu mir um und lächelte. Hätte mir in diesem Augenblick jemand erzählt, ich hätte gerade mehrere Stunden in einem luxuriösen Hotelzimmer mit einer wunderschönen Frau verbracht und die gesamte Situation letztendlich immer noch als Jungfrau überstanden, ich hätte jeglichen Zweifel einfach übersprungen und mich sofort in abgrundtiefe Verzweiflung gestürzt. Aber genau so war es gelaufen. Obwohl wir uns halbnackt auf den Laken gewälzt hatten, war es Paula gelungen, einen kühlen Kopf zu bewahren.

Alles in Ordnung, Perry, hatte sie gesagt. *Ich möchte nicht, dass du dich zu etwas gezwungen fühlst, wozu du noch nicht bereit bist, besonders dann, wenn du mir unbedingt etwas beweisen willst.*

Ich hätte sie beinahe gefragt, was ich denn ihrer Meinung nach beweisen wolle, aber dann wurde mir klar, dass ich es bereits wusste.

Letztendlich wussten wir es wohl beide.

20

»Darklands«

– The Jesus and Mary Chain

Wir gingen in der Abenddämmerung zwischen den fahrbaren Masken- und T-Shirt-Ständen über den Markusplatz. Meine neuen Schuhe drückten ein bisschen. Tauben flatterten auf und schwirrten so dicht um unsere Köpfe, dass ich mich fast ducken musste, um nicht von ihnen gestreift zu werden. Als wir an der Markuskirche vorbeigingen, zeigte ich auf den Uhrenturm, auf dem zwei bronzene Männer ihre Klöppel schwangen und die volle Stunde verkündeten.

»Diese mechanischen Figuren nennt man Mohren«, sagte ich, weil mir ein Abschnitt aus einem der Reiseführer einfiel, die ich im Zug gelesen hatte. »Angeblich hat einer von ihnen im 17. Jahrhundert einen arglosen Arbeiter vom Dach in den Tod geschubst. Das erste offiziell von einem Roboter verübte Attentat.«

Damit brachte ich Paula zum Lächeln. »Du bist ein guter Stadtführer, Stormaire. Wenn diese ganze Rock'n'Roll-Geschichte sich doch nicht bezahlt macht …«

»Meinst du wirklich, dass Armitage mir dabei helfen kann, die Sache auszubügeln?«

»Das werden wir ja sehen.«

Ich holte tief Luft. Sie ließ den Blick über den Platz schweifen, und ich bemerkte einen entrückten Ausdruck in ihren Augen, den ich noch nicht kannte.

»He«, sagte ich. »Alles in Ordnung?«

»Ich habe ein Foto, auf dem ich direkt dort drüben auf den Schultern meines Vaters sitze.« Paula zeigte auf den Dom, auf eine Stelle gleich neben den zusammengeklappten Laufstegen, die auf dem Platz für Zeiten des *aqua alta,* des Hochwassers, bereitgehalten werden.

»Ich wusste gar nicht, dass du schon mal hier gewesen bist.«

»Dad ist in den frühen Neunzigern mit den Stones hier gewesen. Er hat mich mitgenommen. Es war ziemlich abgefahren, damals.«

Ihre melancholische Stimmung erwischte mich unvorbereitet. »Ihr seht euch immer noch regelmäßig, stimmt's?«

»Jetzt ist alles anders.« Sie zog an meiner Hand. »Komm schon. Wir sind spät dran.«

*

Vor einem Bistro, das auch Tische draußen auf dem Pflaster stehen hatte, machten wir halt. Schon beim Näherkommen hatte ich Linus vor dem Eingang auf und ab marschieren und so heftig an einer Zigarette ziehen sehen, dass man sich nicht gewundert hätte, wenn sie in zwei Zügen aufgeraucht gewesen wäre. Als er mich sah, schnippte er den Stummel weg.

»Gott sei Dank, Perry! Wo hast du bloß gesteckt?« Sofort richtete er seine Aufmerksamkeit auf Paula. »Was hast du mit ihm gemacht?«

Paula seufzte. »Freut mich auch, dich zu sehen, Linus. Wo ist der Rest der Band?«

»Sie sind drin und machen Soundcheck. Genau dort solltest du jetzt auch sein, Perry.«

Ich ging rasch hinein und fand Norrie, Sasha und Caleb auf der Bühne beim Aufbau der Anlage. Das heißt, Caleb futterte ein Riesenstück Pizza und Sasha flirtete mit einer umwerfend hübschen Bedienung, und das in einer Sprache, die aus nichts als angedeuteten Gesten und viel Lächeln zu bestehen schien. Meine Abwesenheit hatte sie offensichtlich nicht besonders beunruhigt. »Was geht, Penner?«, sagte Sasha. »Was ist denn passiert? Wir dachten schon, du bist in einem Kanal ersoffen oder so.«

Norrie blinzelte mir verschwörerisch zu, und als er nahe genug war, raunte er mir zu: »Na u-und?«

»Was, na und?«

»Du wa-weißt schon, Stormaire. Ha-hast du sie gefunden, oder was?«

»Alter …«

»D-du hast sie gefunden, stimmt's?« Er schüttelte den Kopf. »De-deshalb hast du uns im Sti-Stich gelassen.«

» … das ist eine ziemlich verrückte und ziemlich lange Geschichte, und –«

»Sch-schon gut. Macht ja ni-nix. Weißt du wa-was?« Als er mich wieder ansah, grinste er, und auf einmal war sein Stottern weg. »Ich hab ein neues Lied geschrieben.«

»Im Ernst?«

»Ja. Es ist echt gut geworden. Fehlt nur noch die Bass-Begleitung.«

»Kein Problem, Mann.« Trotz allem anderen spürte ich plötzlich wieder die Begeisterung, die unser gemeinsames Songwriting immer begleitet hatte, dieses Gefühl, als hätten wir uns irgendwie gesucht und gefunden, lange bevor einer von uns auch nur ahnen konnte, was das wirklich bedeutete. »Bass-Begleitung, geht klar, Mann.«

»Wa-warte mal.« Norries Augen wurden schmal. »Wo ist dein Ba-Bass?«

»Den hab ich irgendwie … verloren.«

»*Was?*«

»Hör mal, wenn ich dir auch nur die Hälfte von dem Scheiß erzähle, der mir in den letzten vierundzwanzig Stunden passiert ist …«

»Schon gut«, sagte eine Stimme. »Da lässt sich bestimmt eine Lösung finden.«

Ich drehte mich um, und dort stand George Armitage.

*

In Fleisch und Blut war Armitage genauso höflich und charmant, wie ich ihn mir immer vorgestellt hatte, wenn wir miteinander telefoniert hatten. Er war Mitte Fünfzig, groß und sportlich, eine fast südeuropäisch getönte Haut, auf der sich nur um die hellblauen Augen ein paar kunstvoll verteilte Falten zeigten. Alles an ihm wirkte gleichzeitig glatt und wahrhaftig, ein gewisser Duft nach Wildleder und Privatflugzeug umgab ihn, haftete kaum wahrnehmbar in seiner Kleidung. *So also riechen eine Milliarde Dollar,* dachte ich.

Die Leibwächter links und rechts von ihm verhielten sich ganz still, ihre Augen waren hinter verspiegelten Sonnenbrillen verborgen. Ich taufte sie fast auf der Stelle auf die Namen Stock und Steif.

Nachdem Armitage sich kurz der Band und Linus vorgestellt hatte, wobei Letzterer es tatsächlich fertigbrachte, wenigstens einmal keinen ätzenden Kommentar von sich zu geben, führte Armitage Paula und mich quer über den Platz zu dem kleinen Café, wo ein Tisch auf uns wartete. Stock und Steif folgten uns mit respektvollem, aber durchaus auffälligem Abstand.

»Ich will dich nicht lange aufhalten«, sagte Armitage. »Ich weiß, dass ihr noch Soundcheck machen müsst.«

»Schon in Ordnung.«

»Wie gefällt dir die Stadt?« Er spreizte gebieterisch die Hände, eine Geste, die das Café, die Basilika und den gesamten Markusplatz voller Tauben hinter uns umfasste, als hätte er das alles nur für uns aus dem Nichts herbeigezaubert. »Mein absoluter Lieblingsplatz auf dieser Welt. Venedig ist wie eine schöne Frau, deren Gunst zu gewinnen mir nie so recht gelingen wollte.«

»Eine tolle Stadt«, sagte ich.

»Ich finde, wir sollten das feiern.« Er gab dem Kellner ein Zeichen. »Villa Antinori, einen 95er.«

Der Kellner verschwand, und Armitage richtete seine volle Aufmerksamkeit auf mich. »Perry, dir kommt es bestimmt vor, als würde sehr viel sehr rasch über dich hereinbrechen, aber inzwischen weißt du wohl, wie sehr ich eure Musik mag, und ich finde, dass es höchste Zeit ist, dass wir uns über das erste Album von Inchworm unterhalten.«

»Okay.«

»Ich möchte, dass ihr sofort im Anschluss an diese Tournee ins Studio geht, wenn das möglich ist. Das heißt, ihr fliegt sofort nach L. A. Ihr Jungs könnt euch dort bestimmt ein bisschen erholen, und wenn alles soweit klar ist, fangt ihr sofort mit den Aufnahmen an. Was meinst du dazu?«

»Hört sich an wie ein Traum.«

»Wunderbar.« Armitage lächelte und warf Paula einen Blick zu. »Du sorgst dafür, dass bei Sunset Sound genügend Zeit gebucht wird, ja, meine Liebe?«

»Bin schon dabei«, sagte Paula. Sie zog ihr iPad aus der Handtasche und fing an, etwas auf dem Display einzutippen.

Der Wein kam, und Armitage goss jedem von uns ein Glas ein.

»Damit wären wir uns einig«, sagte er und erhob das Glas. »Auf Inchworm und die großartige Zukunft, die auf diese Band wartet.«

Ich ergriff mein Glas, und in diesem Augenblick sah ich Gobi durch die Menschenmenge auf dem Platz auf uns zukommen. Sie hatte die Schrotflinte in der Hand.

21

»Sweetest Kill«

– Broken Social Scene

Wenn ich an diesen Augenblick zurückdenke, wundert es mich immer, wie lange ich zum Reagieren brauchte. Alle anderen schienen sich vor mir in Bewegung zu setzen – Paula, die Kellner, sogar die anderen Gäste des Cafés.

Gobi knipste die Leibwächter aus zehn Metern Entfernung aus. Ich hörte es zweimal kurz und ohrenbetäubend knallen – PENG, PENG –, und ich sah die beiden in entgegengesetzter Richtung nach hinten wegfliegen und links und rechts vom Tisch aufs Pflaster aufschlagen. Was ich dann sah, konnte eigentlich nicht stimmen – es musste sich um irgendeine Laufzeitverzögerung im Hauptrechner des Universums handeln –, denn als ich wieder hinsah, stand Gobi weniger als einen Schritt von mir entfernt, schob eine zweite Ladung in die Kammer und richtete die Flinte aus nächster Nähe auf Armitages Brust.

Armitage klappte die Kinnlade nach unten und wollte etwas sagen, brachte aber kein Wort mehr heraus, bevor Gobi abdrückte. Ein drittes ohrenbetäubendes KRAWUMMS, und die Ladung aus der Schrotflinte schleuderte ihn so heftig aus seinem Stuhl nach hinten, dass er mit den Knien den ganzen Tisch umwarf und Wein und Gläser durch die Gegend flogen. Tauben nahmen Reißaus, und Leute kreischten aus der Ferne, wie man es nur wahrnimmt, wenn einem die Trommelfelle aus nächster Nähe malträtiert worden sind. Meine Ohren waren zwar durch mehrere Jahre Lautsprecher und Verstärker daran gewöhnt, aber der Schrei hörte sich trotzdem wie rückwärts abgespielt an, als würde die Menschenmenge ihn wieder in sich einsaugen, bis nur noch ein erschrockenes Keuchen übrig war, als sie sahen, was hier passiert war.

Als ich wieder nach unten blickte, lag Armitage reglos in einer rasch größer werdenden Blutlache mit ausgebreiteten Armen und Beinen zwischen seinen Leibwächtern auf dem Pflaster. Die Pfütze breitete sich wie der Schatten eines sehr schnell herabfallenden Gegenstandes rings um ihn aus.

Ohne zu zögern, langte Gobi mit ihrer freien Hand nach unten und packte Armitages Leiche unter den Armen, zog den schlaffen Körper hoch, als würde er nichts wiegen und hielt ihn wie einen Schild vor sich, wobei sie die ganze Zeit die Flinte in der rechten Hand behielt. Ein leises Knallen war zu hören, und ich sah, wie eine weitere Kugel in die Brust des Opfers einschlug. Als ich mich umdrehte, erkannte ich, dass der Schuss von irgendwo weit über uns gekommen war, und erst jetzt sah ich, dass sich mindestens noch eine Person auf dem Dach befand, die uns von dort aus beschoss.

Gobi hob die Flinte mit einer Hand und schoss wieder, diesmal zur Basilika hinauf.

»Hör auf zu schießen.« Irgendwo rechts von mir sah ich, dass Paula auf die Beine kam. Es hätte mich nicht gewundert, wenn sie ihr Handy gezückt und einen Krankenwagen angerufen hätte.

Stattdessen kam eine Pistole zum Vorschein – eine glänzende, vernickelte Pistole, die sie mit professionellem doppelhändigen Schützengriff packte.

Und damit auf mich zielte.

»Paula?«, sagte ich verdutzt.

Paulas Blick blieb auf Gobi gerichtet. Ihre Stimme war absolut ruhig. »Das ist eine Mossberg Pump-Action, stimmt's? Kaliber .12, oder? Nette Flinte.«

Gobi erwiderte nichts.

»Das einzige Problem ist, dass du nachladen musst, bevor du wieder schießen kannst. Keine Bewegung – sonst stirbt er.«

Vor uns, direkt vor dem umgestürzten Tisch, stand Gobi wie erstarrt, die Schrotflinte immer noch in der einen und Armitages Leiche in der anderen Hand. Obwohl meine Ohren immer noch klingelten, klang Paulas Stimme absolut klar und deutlich, als hätte sie jede einzelne Silbe in die Luft gemeißelt. Dann erwischte mich die Erkenntnis schräg von der Seite wie ein unerwarteter kalter Regenguss.

Meine.

Freundin.

Paula.

Zielte.

Mit.

Einer.

Pistole.

Auf.

Mich.

Ich starrte sie an. Ich konnte nichts sagen. Konnte nicht atmen. Trotzdem.

Plötzlich warf Gobi die Flinte weg, stieß Armitages Leiche von sich, wirbelte herum und riss ein Bein waagerecht in die Luft, um Paula damit einen Axe-Kick ins Gesicht zu verpassen. Es krachte hässlich, und Paula ging zu Boden. Gobi schnappte sich ihr iPad, aber Paula musste die Pistole nicht losgelassen haben, denn durch das zerbrochene Glas und Blut und den vergossenen Wein schoss sie bereits wieder auf uns. Ich musste es wissen, denn ich spürte, wie zumindest eine Kugel dicht an meinem Kopf vorbeizischte.

Meine Augen verdrehten sich seitlich in ihren Höhlen wie überhitzte Kugellager, um ja alles mitzukriegen. Ich sah Linus und Norrie aus dem Club auf der anderen Seite des Platzes herausrennen. Nach einem kurzen Blick auf das Geschehen warfen sie sich zu Boden.

Dann packte mich Gobi am Arm. Ihre Finger waren fest wie eine Handschelle, ein Griff, von dem ich inzwischen nur zu genau wusste, was er bedeutete: Wegrennen oder erschossen werden. Wäre ich nicht weggerannt – und wenn sie immer noch die geladene Flinte in der Hand gehalten hätte –, dann hätte sie wohl selbst damit gedroht, mich zu erschießen.

»Lauf!«

Sie riss mich vorwärts und drehte mich um, als ich mich nicht aufrecht halten konnte. Meine Füße wussten eindeutig nicht, was sie tun sollten, denn sie hatten genug damit zu tun, mich vor dem Umkippen zu bewahren, aber wir überquerten den Platz wieder in Richtung Dom. Verkäufer und Touristen, die keine Ahnung hatten, was hier vor sich ging, drehten sich um und sahen zu, wie wir zwischen den Handkarren auf eine Reihe von Gondeln zurannten, die nebeneinander auf dem Wasser schaukelten.

Von der Basilika herab klangen die Glocken jetzt wie Gottes höchsteigene Alarmanlage über den ganzen Platz.

Irgendwie hörte ich immer noch Kugeln auf dem Pflaster hinter uns abprallen. Sie schienen gleichzeitig aus allen Richtungen zu kommen, von über und unter uns. Ich merkte, wie sich meine Aufmerksamkeit teilte und zwei widersprüchliche Gedanken verfolgte. Auf der einen Seite war Armitage noch am Leben, und ich saß mit Paula in einem Café und hörte ihm zu, wie er mir erzählt, was für ein Genie ich doch sei. Auf der anderen Seite versuchte die Frau, in die ich mich meines Wissens verliebt hatte, mich umzubringen.

Allmählich bildete sich da ein Muster heraus.

Dann war ganz plötzlich das Pflaster zu Ende.

22

»Love Removal Machine«

– The Cult

Ich sah das Boot erst, als wir schon darin landeten. Es lag auf der anderen Seite des Betonkais tief im Wasser, zwischen einer Reihe mit blauer Plane zugedeckter Gondeln und einem schmalen Wassertaxi mit Glasverdeck und ramponiertem Rumpf versteckt. Mein rechter Fuß kam irgendwo auf, der Knöchel verdrehte sich, als das restliche Gewicht nachkam, und ich knallte mit dem Gesicht zuerst gegen einen der Sitze.

Schwärzeste Dunkelheit.

Moment mal.

Ich nutzte die Gunst des Augenblicks und zog mich durch schiere Willenskraft wieder ins Bewusstsein zurück. Der Restschwung warf mich rückwärts aufs Deck, wo ich versuchte, mich an irgendetwas festzuhalten, das sich nicht aktiv von mir entfernen wollte. Der Aufprall hatte mir die Tränen in die Augen getrieben und alle meine Sinne schmerzhaft in Alarmbereitschaft versetzt, denn jetzt roch ich frisches Meerwasser und den metallischen Geruch meines eigenen Blutes, das mir aus der Nase tropfte. Der Motorenlärm des Bootes war ohrenbetäubend. Über mir stand Gobi am Steuerrad und rauschte in einer langgezogenen Kurve in den Kanal. Ich richtete mich auf und sah die Lichter der Brücke näher kommen. Sie war viel zu niedrig für unser Boot.

»Ich hab dir doch gesagt, dass ich in Venedig noch ein paar offene Rechnungen habe.«

»*Armitage?*«, rief ich.

Gobi gab Vollgas, woraufhin der Bug des Bootes noch höher stieg, als könnte sie damit die Brücke irgendwie einschüchtern. Eine Sekunde überlegte ich, ob ich einfach über Bord springen sollte, aber wir waren viel zu schnell und ich hatte schon von Leuten gehört, die von der Schraube wieder angesaugt worden waren, was aber zu jenem Zeitpunkt womöglich das kleinere Übel gewesen wäre. Ich starrte geradeaus, nur noch zwanzig Meter bis zum Aufprall. Bei dieser Entfernung gab es keine Zweifel mehr. Entweder wir krachten voll gegen einen Steinpfeiler, oder wir rasierten uns die Köpfe ab – die Brücke war einfach nicht hoch genug.

»*Gobi!*«, schrie ich in einem letzten Versuch. »Nicht!«

Dann war es zu spät, und wir waren unter der Brücke, die höhlenartige, tiefhängende Dunkelheit sauste über uns hinweg. Ich hatte mich auf alle viere fallen lassen und hörte, wie die Brücke das Oberteil der Glasverkleidung abriss, was meinen Kopf und die Schultern in einen prasselnden Regen aus Glas, Metall und splitterndem Holz tauchte. Ein kreischendes Schrammen, dann bremste das Boot jäh ab, noch halb unter dem steinernen Bogen verborgen.

Ich atmete schwer. Hier unten war es dunkel und kalt, das einzige schwache Licht kam vom Armaturenbrett.

Gobi beugte sich immer noch nach vorne, halb über dem Steuer hängend.

Sirenen.

Ich machte mich schon zum Sprung bereit.

»Warte.«

Ich sah mich um. In der Dunkelheit rechts von uns erblickte ich ein zweites Boot, das keinen Meter entfernt mit einem Seil an einem Metallring festgebunden auf den kleinen Wellen dümpelte. Es war schon die ganze Zeit über dort gewesen.

Gobi beugte sich hinüber, löste die Knoten des Haltetaus und ließ den Motor an. Sie legte einen Schalter um, und ich sah unter der Konsole des anderen Bootes ein rotes Licht blinken. Immer noch weit hinübergebeugt, stieß sie den Gashebel ein Stück nach oben und ließ das Boot zur gegenüberliegenden Seite des Kanals fahren. Als es davontuckerte, fiel mir auf, dass es genau wie das Boot aussah, auf dem wir uns befanden.

Ich sah sie an. Die erste Woge Adrenalin war verebbt und ließ mich zitternd und wie ausgekotzt zurück, voller Fragen, die sofort nach Antworten verlangten.

»Warum hast du das getan?« Meine Stimme zitterte so sehr, dass ich die Worte kaum herausbrachte. »Warum hast du Armitage umgebracht? Er hat doch nichts –«

Auf der anderen Seite der Brücke riss eine Explosion ein Loch in die Welt. Sie war nicht einfach nur laut, sondern irgendwie GEWALTIG und erschütterte den gesamten Kanal, pulsierte durch das Wasser rings um uns, brach sich so heftig an den Wänden der alten Gebäude, dass ich sie tatsächlich wackeln sah. Meine Gedanken rasten zu dem zweiten Boot, das unter der Brücke auf uns gewartet hatte, das Boot, das genau wie unseres aussah, aber nur zur Ablenkung dort lag. Kurz darauf wehte dichter, beißender Qualm über den Kanal herüber.

Gobi ließ mich keine Sekunde aus den Augen. Ich spürte einen sperrigen Klumpen im Hals, der alle meine Nebenhöhlen ausfüllte und sich bis in die Augenhöhlen drückte. Es blieb nur noch eine Frage übrig, die Frage, die ich am liebsten nicht gestellt hätte. Auch wenn das alles sowieso keine Rolle mehr spielte.

»Was ist mit Paula?«

Gobi gab mir keine Antwort.

»*Was ist mit Paula?*«

»Sie hätte dich umgebracht.«

»Warum?«

Ein leichtes Achselzucken. »Du hattest deinen Zweck erfüllt.«

»Aha. Und welchen?«

»Mich aus der Deckung zu locken, damit mich Armitages Söldner abknallen können.«

Ich dachte an die Schüsse von oben. »Der Scharfschütze auf dem Dach?«

»Es war nicht nur einer. Armitage wollte den Platz in eine Todesfalle verwandeln.«

»Eine Todesfalle«, sagte ich. »Na toll. Eine verkackte *Todesfalle*? Warum?«

»Weil er wusste, dass ich ihn mir holen würde.«

Ich starrte sie finster an und spürte bittere Tränen der Wut hinter meinen Augen kribbeln; sie hatten nichts mit dem Qualm zu tun. Sie stiegen aus der Grube herauf, die einst mein Magen gewesen war, ein Hohlraum, der jetzt irgendwie leer und gleichzeitig widerlich schwer war, ein tiefer, schmerzender Ort, als hätte jemand meinem Herz in die Eier getreten.

»Wie lange hast du … bis du schon hinter ihm her?«

»Kaya hat mir den Auftrag gegeben, vor vier Monaten, nach New York. Aber Armitage wusste es.«

»Armitage wusste, dass du hinter ihm her bist?«

Gobi nickte.

»Wie lange schon?«

»Zumindest seit August versucht er, an mich ranzukommen.«

August. Die Übelkeit in mir faltete sich zusammen wie die Landkarte eines eroberten Gebiets, und einen Augenblick war ich mir auf grässliche Weise sicher, dass ich mich gleich übergeben würde. Meine Gedanken rasten zu dem Abend zurück, an dem ich Paula auf der Party in Brooklyn kennengelernt hatte. Ich dachte daran, wie zufällig das alles verlaufen war. Wie sie unsere erste Unterhaltung angestoßen hatte und alles, was danach kam. Wie sehr ich mich darüber gewundert hatte, dass sich eine dermaßen heiße Frau für mich interessierte. Wie sie mich manipuliert hatte. Dann die Einladung nach Europa. Dann Venedig. Dann die Pistole.

Keine Bewegung, sonst stirbt er.

»Du warst nur eine Schachfigur, Perry«, sagte Gobi. »Wie sagt man … Mittel zum Zweck, um mich zu finden.«

Meine Kehle zog sich zusammen. Ich brachte keinen Ton heraus.

»Wir müssen los.«

»Nein.« Ich machte einen Schritt nach hinten, und meine Ferse stieß gegen etwas Schwarzes, das unter den Sitz gestopft war. Taucheranzüge und Taucherbrillen. Sauerstoffflaschen. Mundstücke.

»Nein«, sagte ich. »Auf gar keinen Fall.«

Gobi machte sich mit raschen Bewegungen daran, einen Neoprenanzug anzuziehen.

»Das kannst du vergessen. Ohne mich. Ich bin *raus.*«

Sie spuckte in die Maske und spülte sie mit Wasser aus dem Kanal aus, überprüfte die Sauerstoffanzeige und sah mich an. Die Sirenen waren nicht mehr weit entfernt.

»Venedig ist eine Insel«, sagte ich. »Die hören nicht auf, nach dir zu suchen.«

»Jetzt nicht mehr.« Sie nickte in Richtung der Explosion. »Wir sind tot. Zumindest so lange, bis sie unsere Leichen nicht finden.«

»Wir können nicht einfach –«

Gobi stieß mir ein paar Flossen gegen die Brust.

»Ich mach nicht mehr mit«, sagte ich. »Ich rufe meinen Dad an, der besorgt mir einen Anwalt. Ich will nach Hause.«

»Das geht jetzt nicht mehr.«

»Warum nicht?«

Sie sah mich noch einmal durch die Taucherbrille an, starrte durch mich hindurch. Auf einmal fiel mir etwas Neues in ihrem Gesicht auf. Traurigkeit.

Dann hielt sie mir Paulas iPad unter die Nase.

23

»If There's a Rocket Tie Me to It«

– Snow Patrol

Das Display war im Café zu Bruch gegangen, aber das Gerät funktionierte noch.

Ich sah das Ding ungläubig an und spürte, wie die Welt seitlich wegrutschte.

Auf dem Display saßen meine Mom, mein Dad und Annie auf einer Holzbank in einem fensterlosen Raum. Die Wände hinter ihnen waren schmutzig weiß, so wie Schnee im März. Es war ein sehr deutliches Bild. Die Auflösung war hervorragend. Dad hielt eine Ausgabe der *New York Times* in die Kamera, so dass ich das Datum von heute deutlich lesen konnte. An seinem Kinn sprossen die ersten Bartstoppeln, Moms Augen waren blutunterlaufen und ihre Nasenspitze war rot, als hätte sie geweint. Am schlimmsten sah Annie aus. Sie hatte ein schmutziges rosa T-Shirt an und ihre Lieblingshose, hatte die Arme um sich geschlungen und ihr Gesicht sah so leer aus, als hätte sie irgendwo in ihrem Kopf einen Ort gefunden, an den sie sich zurückziehen konnte und wo sie keine Angst mehr zu haben brauchte.

»Wo sind sie?«, hörte ich mich fragen.

Gobi schüttelte den Kopf. »Keine Ahnung.«

»Was?«

»Das ist Paulas iPad. Wenn ich heute Abend nicht gekommen wäre, hätte sie dich mit diesem Foto erpresst.«

»Wieso denn?«

»Um mich zu kriegen.«

Ich schüttelte den Kopf. »Nein.«

»Mittel zum Zweck, Perry. Denk nach.«

Die Sirenen waren so gut wie da.

Ich schaute noch einmal auf das iPad.

»Hat das Armitage getan?«

Gobi nickte.

»Und du hast ihn umgebracht.«

»Es war ein Auftrag«, sagte Gobi.

»Dein Auftrag ist mir egal! Wegen deines Auftrags ist meine Familie entführt worden!« Am liebsten hätte ich ihr das iPad ins Gesicht geworfen. »Du hast Armitage erschossen! Jetzt wissen die Bullen nicht mal, wo sie anfangen sollen zu suchen!«

»Das ist keine Angelegenheit für die Polizei.«

»Was?«

Sie sah mich einfach an. »Ich muss es zu Ende bringen.«

»Was redest du da?«

»Kaya hat mir mehrere Ziele gegeben. Monash war das erste, dann Armitage.« Ihr Blick wandte sich von mir ab. »Ein Ziel hab ich noch.«

»Wen denn?«

»Du weißt es.«

Natürlich wusste ich es. »Paula.«

»Sie hatte recht. Das Gewehr war leergeschossen. Aber wir hatten keine Zeit mehr. Hätte ich erst nachgeladen und sie erledigt, hätten mich die anderen Schützen erwischt.«

»Moment mal.« Ich versuchte den Rest der Beherrschung, die ich womöglich noch über mein sympathisches Nervensystem ausübte, nicht auch noch zu verlieren, denn es schien mir gegenüber inzwischen nicht mehr allzu sympathisch gesinnt zu sein. »Wenn sie die Einzige ist, die weiß, wo meine Familie ist, dann muss sie am Leben bleiben.«

Gobi hielt Paulas iPad in die Höhe, schob es in eine wasserdichte Hülle und verschloss sie. »Wir haben alles, was wir brauchen.«

»Bist du sicher?«

»Erst wenn wir uns das Ding genauer angesehen haben.« Sie blickte sich misstrauisch um. »Aber vorher müssen wir hier weg.«

Sie musste mich nicht noch einmal bitten. Ich war bereits dabei, meinen Neoprenanzug anzuziehen.

24

»Hold Your Colour«

– Pendulum

Noch am gleichen Abend verließen zwei Menschen Venedig in einem Eurostar-Nachtzug, ein Mann und eine Frau, die keinen Abschiedsblick für die Stadt übrig hatten. Sie reisten unter den Namen Myra Abrams und John Galt und trugen für diese Namen komplett neue Papiere bei sich, die sie, zusammen mit frischen Klamotten, einem Bahnhofsschließfach entnommen hatten.

Vor unserer Abfahrt hatten wir uns auf dem Bahnsteig nur kurz und flüsternd unterhalten, wobei keiner den anderen angesehen hatte.

»Woher willst du wissen, dass sie uns nicht folgen?«

»Sie werden uns folgen.«

»Was?«

»Das zweite Boot dürfte sie nicht allzu lange täuschen.«

»Und dann?«

Sie hatte eine Aktenmappe voller Belege und Fahrpläne hervorgezogen. »Ich habe drei verschiedene Flüge vom Flughafen Venedig gebucht. Vier verschiedene Zugtickets. Zwei Mietwagen. Das alles verschafft uns ein wenig Zeit.«

Bloß – wie viel Zeit, Gobi?

Wie viel ist genug?

*

Nachdem der Schaffner die Fahrkarten kontrolliert hatte, wurde das Licht im Abteil gedimmt, und Gobi holte das iPad aus einem wasserdichten Beutel. Inzwischen hatte sie ein weißes T-Shirt, eine Lederjacke und Jeans an, die Haare waren unter einer grünen Mao-Mütze versteckt, deren tief nach unten gezogener Schirm ihr Gesicht erstaunlich gut verbarg. Auf den ersten Blick sah sie aus wie eine ganz normale junge Reisende, die sich die lange Nacht ein wenig vertreiben will. Ich blickte über ihre Schulter und sah die ersten CNN-Schlagzeilen zur Ermordung von George Armitage, ohne sie richtig wahrzunehmen. In weniger als einer Stunde hatte die Schockwelle weltweite Aufmerksamkeit ausgelöst. Gobi bot mir das iPad nicht an, und ich bat sie auch nicht darum, einen genaueren Blick darauf werfen zu dürfen. Ich wollte nichts von Paula berühren, das vorher nicht desinfiziert worden war. Es kam mir so verunreinigt vor wie meine Erinnerungen an sie.

Stattdessen schaute ich auf den Ordner mit den Zugfahrkarten und den unbenutzten Tickets.

»Wo fahren wir eigentlich hin?«

»Zermatt.«

»Warum?«

Sie hielt das iPad hoch. »Dort gibt es jemanden, der uns mit dem Ding hier helfen kann. Das Bild zurückverfolgen. Deine Familie finden.«

»Versuch bitte, die Leute nicht vorher umzubringen.«

»Falls es nicht schon zu spät ist.«

»Warum sollte es zu spät sein?«

Gobi sah nicht so aus, als würde sie die Frage beantworten, aber im letzten Augenblick gab sie nach. »Armitage hat deine Familie nur festgehalten, um an mich heranzukommen. Jetzt ist er tot. Es ist nur eine Frage der Zeit.«

»Was denn? Du meinst, bevor seine Organisation beschließt, dass es sich nicht mehr lohnt, sie am Leben zu lassen?«

Diesmal antwortete sie wirklich nicht.

»Wie lange noch?«

Wieder keine Antwort. Obwohl ich an dieser Stelle auch schon keine mehr erwartet hätte. »Wenn die Polizei vielleicht –«

»Perry, ich hab's dir doch schon gesagt.« Ihre Hand umfasste mein Handgelenk. »Dabei kann dir jetzt keine Polizei der Welt helfen.«

»Das weißt du nicht.«

»Willst du diesen Zug verlassen?« Sie zeigte in die dunkle italienische Landschaft hinaus, die an uns vorüberflitzte. »Willst du es beim nächsten Halt probieren? Von mir aus. Erzähle den Behörden deine Geschichte. Dann siehst du, wie weit du damit kommst.«

»Vielleicht mach ich das auch.«

Wir sahen uns ein paar Sekunden reglos an. Keiner sagte etwas. Dann zeigte ich auf das Bild von Armitage auf dem Display.

»Wer war er wirklich?«

»Ein Ziel.«

»Was noch?«

»Mehr nicht.«

»Warum hat dich dieser Kerl, Kaya, angeheuert, um ihn –«

Sie atmete zitternd aus, was ihr so gar nicht ähnlich sah. »Ich bin müde, Perry.«

»Ach, echt? Tut mir wirklich leid, aber wenn du all diese Leute nicht umbringen würdest, würde meine Familie nicht in der Klemme stecken, deshalb finde ich, dass ich ein Recht auf eine Erklärung habe, oder etwa nicht?«

Sie langte nach oben und schaltete das Deckenlicht aus. Wir saßen eine Weile im Dunkeln und schaukelten im Rhythmus des Zuges vor und zurück. Dann fing sie endlich an zu reden.

»Früher einmal«, sagte Gobi, »hat Armitage Leuten geholfen, Dinge zu kaufen.«

»Was für Dinge?«

»Waffen.« Gobi machte eine Wischiwaschi-Handbewegung. »Er war, wie heißt das, *tarpininkas* … ein Vermittler?«

»Aber warum wollte dein Kaya ihn umbringen?«

»Böses Blut.«

»Waren sie miteinander verwandt?«

»Ehemalige Geschäftspartner. Haben mit denselben Randgruppen gedealt. Diktatoren aus der Dritten Welt. Afrikanischen Warlords. Haben sie mit den Waffen versorgt, die sie haben wollten. Als Armitage vor zehn Jahren seriös wurde, machte sich Kaya Sorgen um die Diskretion seines ehemaligen Partners.«

»Und deshalb hat dich Kaya angeheuert, Armitage, Monash und Paula zu töten?«

»Nicht angeheuert«, erwiderte Gobi.

»Warum sagst du das immer wieder?« Ich bemühte mich, im Schlafabteil nicht übermäßig laut zu werden, was mir nicht leicht fiel. »Wenn sie dich nicht dafür bezahlten, diese Leute umzubringen, warum tust du's dann?«

Sie gab mir keine Antwort, auch dann nicht, als ich schließlich die Geduld verlor und sie an mich zog. Ihr Kopf fiel zur Seite, und im Licht einer vorüberhuschenden Eisenbahnbrücke sah ich, dass ihre Pupillen nach hinten gerutscht waren. Ein Anfall, und das im denkbar ungünstigsten

Moment. Sie schien diese Anfälle immer in den ungünstigsten Momenten zu bekommen.

»Gobi?« Ihre Haut fühlte sich kalt und feucht an, und als ich sie schütteln wollte, waren ihre Glieder ganz schlaff, weder die Muskeln noch die Gelenke setzten mir einen Widerstand entgegen.

Ich berührte ihr Gesicht und spürte etwas Nasses, Klebriges.

Zuerst hielt ich es für Schweiß. Dann schaute ich auf meine Finger und sah, dass sie rot waren. Blut tropfte aus ihrer Nase und den Mundwinkeln, rann über Kinn und Hals. Die ganze Vorderseite ihres T-Shirts war schon voll davon.

»Scheiße«, sagte ich und zog ihren schlaffen Körper hoch. »Gobi … Was ist denn?«

Ihr Mund öffnete sich, und sie machte ein schnalzendes Geräusch. Immer noch lief jede Menge Blut aus der Nase und vielleicht auch aus dem Mund. Auf einmal musste ich daran denken, was der bärtige Swierczynski gestern Abend zu uns gesagt hatte.

Die Kugel ist schon in deinem Kopf.

Ich versuchte klar zu denken. Das Blut konnte ich mir nicht erklären. Auf dem Markusplatz war sie nicht getroffen worden, außerdem konnte sie ja wohl schlecht mit einer Kugel im Kopf mit mir durch die Gegend laufen.

Ich nahm ihr Handgelenk und fühlte den Puls. Er ging unregelmäßig, und als ich auf ihre Brust schaute, kam mir der Atem flach und angestrengt vor.

»Ich weiß nicht, was ich machen soll«, sagte ich. »Hast du eine Spritze, die ich dir geben kann? Oder etwas anderes?«

Ihr Blick flackerte stumm und hilflos in meine Richtung.

Als sie immer noch nichts sagte, fing ich an, in dem Stoffbeutel herumzuwühlen, den sie seit unserem Abstecher zum Schließfach im Bahnhof von Venedig mit sich herumschleppte. Ich fand unsere falschen Pässe und Ausweise, zwei Flaschen Wasser, einen Seidenschal, eine Sonnenbrille, einen Eurail-Fahrplan plus Karte, ein dickes Bündel Euros, einen Lippenstift und mehrere Patronen. Keine Medizin, keine Nachricht, keine Hinweise.

Ganz unten ertasteten meine Finger einen Schlüssel, der in einen Saum geschoben war. Es handelte sich um ein ziemlich großes Teil aus Messing, und zuerst dachte ich, es sei der Zimmerschlüssel aus Venedig. Dann sah ich, dass ein völlig anderer Anhänger daran baumelte:

Hotel Schöneweiß, Zermatt

Ich ließ den Schlüssel in den Beutel zurückfallen, goss etwas Wasser auf den Schal und wischte ihr das Blut so gut es ging aus dem Gesicht. Dann zog ich den Reißverschluss der Jacke hoch, um das blutbefleckte T-Shirt zu verstecken. Zumindest wusste ich endlich, wohin wir wollten.

Gobi hatte inzwischen heftig zu zittern angefangen.

25

»Everybody Daylight«
– Brightblack Morning Light

Ich schreckte hoch. Offenbar war ich eingeschlafen. Der Zug wurde langsamer, der Rhythmus seiner Räder veränderte sich, die spürbar abnehmende Geschwindigkeit holte mich aus einem so tiefen Schlaf, dass es mir vorkam, als wachte ich aus einer Narkose oder Hypnose auf. Einmal hatte mich jemand auf einer Party hypnotisiert, damals hatte ich mich hinterher genauso gefühlt, irgendwie unangenehm verschwommen. *Ich zähle jetzt von zehn zurück, und wenn ich bei eins bin, wachst du wieder aus deiner Trance auf …*

Ich setzte mich gerade hin. Mein Mund war trocken, und um die Augen ordentlich aufzumachen, brauchte ich wahrscheinlich ein paar Zahnstocher und jede Menge Koffein.

Wir fuhren in den Bahnhof ein. Die Anzeige vorne am Abteil behauptete, wir seien in Zermatt. Ich blickte mich um, war plötzlich auf der Hut, ob uns jemand beobachtet haben könnte, aber die anderen Passagiere auf dieser Seite des Abteils waren zwei Hippie-Backpacker, deren schlafende Körper unter einer dicken Decke gegeneinander gerutscht waren und im stets langsamer werdenden Rhythmus des Zuges wackelten.

Neben mir lehnte Gobi blass und reglos an meiner Schulter. In der Nacht hatte sie irgendwann zu zittern aufgehört und war in einen leichten Schlaf übergewechselt. Ich konnte mich nur dumpf daran erinnern, dass wir umgestiegen waren, dass ich mit ihr mitten in der Nacht den TGV verlassen und sie um drei Uhr morgens durch einen sehr einsam aussehenden Grenzposten geschleust hatte, vorbei an zwei Gepäckträgern von der Nachtschicht, die uns von einem geschlossenen Zeitungskiosk aus anglotzten und irgendwas in gebrochenem, aus dem Fernsehprogramm gelernten, Englisch von einem Jungen murmelten, der seine Nutte nach einer wilden Nacht mit nach Hause brachte. Kurz danach waren wir in einen Schweizer Regionalzug eingestiegen, hatten einem gelangweilt aussehenden Beamten Pässe und Fahrkarten hingehalten, der sie abgestempelt und wieder zurückgeschoben hatte.

Jetzt stand der Zug, die ersten Sonnenstrahlen suchten sich ihren Weg von den hohen Alpen herab und tauchten das Abteil in ein brüchiges orangefarbenes Licht, auf das ich überhaupt nicht vorbereitet war.

»Wach auf.«

»Hm?«

»Wir sind da.« Ich bewegte den Arm, und Gobi wurde widerwillig wach, wobei es in ihrer Kehle heftig rasselte. Wir standen auf. Ich stützte sie und zog sie durch den Mittelgang und dann die Stufen auf den Bahnsteig hinunter, bis sie sich nach und nach selbst auf den Beinen halten konnte. Die Luft draußen war rau und kalt und roch ein wenig nach Kiefern – ein fast schmerzlich sauberer Geruch. Ich schob Gobi die Sonnenbrille vor die Augen, um so viel wie möglich von ihrem Gesicht zu verbergen, dann zog ich sie ins Tageslicht.

Die Bahnhofsuhr zeigte kurz nach sieben an. Vor dem

Bahnhof waren die ersten Skifahrer und Touristen schon unterwegs zu den Hängen. Auf der Hauptstraße waren keine richtigen Autos, sondern nur diese kleinen Dieselfahrzeuge und Elektro-Minitaxis zu sehen, die ihre Fahrgäste an Chalets und noch geschlossenen Wintersportläden voll mit überteuerten Andenken, Postkarten und Kuckucksuhren vorbeikarrten. Ein verziertes grün-rotes, über die Straße gespanntes Banner verkündete irgendein Festival:

ClauWau-Fest!! 25. - 27. Nov.

Ich gab einem der Fahrer einen Zwanzig-Euro-Schein aus Gobis Beutel und nannte ihm das Hotel Schöneweiß.

»Wohin?« Der ergraute Mann mittleren Alters mit Golfkappe, vom Wetter gegerbten Schweinebacken, wässrigen Augen und einem Revolverheldenschnurrbart, der ihm von der Oberlippe herunterhing, starrte mich verdutzt an.

»Gibt's ein Problem?«, fragte ich und versuchte, unbemerkt Gobis Kopf zu stützen.

»In Zermatt gibt es so ein Hotel nicht, *mein Herr.*«

»Das kann nicht sein.« Ich hielt ihm den Schlüssel entgegen, den ich in Gobis Beutel gefunden hatte, damit er die Aufschrift lesen konnte. »Hier, sehen Sie.«

Der Fahrer betrachtete ihn eine Weile, dann gab er uns durch Handzeichen zu verstehen, dass wir einsteigen sollten.

*

Am anderen Ende der Hauptstraße fuhr das Taxi, nachdem wir an allen anderen Gasthäusern und Läden vorbeigefahren waren, vor einer kleinen Holzfassade, die direkt in die Bergflanke gebaut zu sein schien, rechts ran. Im Schaufenster bemerkte ich die vielen eingestaubten Weinflaschen. Auf dem handgeschnitzten Schild über dem niedrigen Türbogen stand VINOTHEK – WEINE – SPIRITUOSEN.

»Sieht aus wie ein Schnapsladen«, sagte ich. Mit dem niedrigen, höhlenartigen Eingang und den rustikalen Verzierungen sah das Gebäude ganz so aus, als würde jeden Augenblick Bilbo Baggins vorbeikommen, um eine Flasche Eiswein zu kaufen. »Sind Sie sicher, dass wir hier richtig sind?«

Der Fahrer grunzte und zeigte nach oben auf eine noch niedrigere Fensterreihe über dem Wein- und Schnapsladen. Eine winzige, handgeschnitzte Schindel, kaum größer als ein Autokennzeichen, schaukelte quietschend im Morgenwind: *Schöneweiß*.

Ich warf noch einen Blick auf die dunkle Vordertür. »Wo ist die Rezeption?«

»Das Hotel Schöneweiß hat nie Gäste.«

»Hört sich ja toll an«, murmelte ich, und als ich die Hintertür aufmachte, um Gobi aus dem Taxi zu helfen, rutschte sie mir halb in die Arme. Ich konnte sie gerade noch auffangen und sah, dass sich ihr Zustand deutlich verschlechtert hatte.

Ihre halbgeschlossenen Augen waren trüb und glasig, als hätte sie vergessen, wie man blinzelt. Ihre aufgesprungenen Lippen standen einen Spalt offen, und zu diesem Zeitpunkt hätte ich nicht mehr genau sagen können, ob sie noch atmete oder nicht. Sie blutete schon wieder aus Nase und Mund, nicht viel, aber doch genug, dass ihr ein kleines Rinnsal über das Kinn lief. Ich stützte Gobi so gut ich konnte und drehte mich zum Fahrer um.

»Gibt es hier ein Krankenhaus?«

Der Fahrer warf einen Blick auf Gobi, kam zu dem Schluss, dass er seine Pflicht getan hatte, trat aufs Gas und sauste davon. Uns ließ er am Ende der Straße einfach zurück. Die Überzeugung, wieder einmal eine falsche Entscheidung getroffen zu haben – mein falsches Vertrauen in andere und in mich –, legte sich um mich wie eine jener mit Blattern infizierten Decken, die die US-Kavallerie angeblich an die Prärie-Indianer verteilt hatte. Warum hatte ich mich nicht gleich an die italienische Polizei gewandt?

Eine düstere Perry-Stimme aus meinem tiefsten Inneren verlieh meinem finstersten Misstrauen Worte: *Weil sie euch sofort eingesperrt hätten und sie gestorben wäre und niemand deine Familie gefunden hätte.*

Die kalte Realität dieses Gedankens durchfuhr mich wie ein stählernes Werkzeug, das auf einen blankliegenden Nerv trifft. Jede Sekunde, die ich weiterhin zögerte, jeder Moment, den ich verstreichen ließ, brachte Dad und Mom und Annie immer näher an –

Es brachte sie dem Tod näher. Du weißt es. Der Tod. Genau so lautet das Wort.

Ich überlegte, ob ich mich einfach nach irgendeiner Notfallklinik umsehen sollte, als sich eine kalte Hand um meinen Nacken legte, deren Daumen und Zeigefinger mir die Sehnen zusammendrückten, dann schoss mir ein Schmerz wie Blitze in beide Arme, und dann waren die Arme taub.

Die deutsche Stimme an meinem Ohr war ganz ruhig und flüsterte fast.

»Ich sehe sie mir gleich an.«

26

»Hurt«

– Nine Inch Nails

»Lass mich raten«, sagte ich. »Kaya?«

Der Mann hinter mir gab mir keine Antwort. Ich warf vorsichtig einen Blick über die Schulter. Ich schätzte ihn auf Mitte bis Ende dreißig, und er war auf eine nachlässige Weise gutaussehend. Er trug braune Wollhosen und ein verwaschenes Flanellhemd, das bis zum Ellbogen hochgekrempelt war, dazu einen Zweitagebart und dichtes schwarzes Haar, das ihm in die Stirn fiel. Er hatte flinke, suchende Augen und eine scharf gezeichnete Oberlippe mit dazu passendem Kinn. In den fünfziger Jahren hätte er es damit zum Filmstar für die Spätvorstellungen gebracht, nur dass ihm sein Aussehen gerade vollkommen egal war.

»Hilf mir, sie reinzutragen«, sagte er leise. Dann strich er sanft über Gobis Kinn, drehte ihren Kopf ein wenig zur Seite und meinte: »Jetzt ist alles gut, Zusane. Ich bin da.«

*

Wir trugen sie in den leeren Weinladen, ein düsteres, vollgestopftes Rechteck, das aussah, als hätte dort schon seit Jahren niemand mehr Champagner oder sonst etwas gekauft. Als wir am Verkaufstresen mit der zugehängten Kasse vorbeigingen, fiel mir auf, dass in jedem Regal genau eine Flasche lag, gerade genug, um nach außen hin wie ein gutsortierter Laden zu wirken. Dabei waren die meisten Flaschen nicht nur leer, sondern auch zentimeterdick mit Staub bedeckt.

An der hinteren Wand führte eine Flügeltür zu einer schmalen Treppe. Ich hielt Gobi an den Beinen, und der Typ nahm ihre Arme, dann schob er sich vorsichtig rückwärts die Stufen hinauf, während ich mein Bestes gab, dass ihre Füße nicht über den Boden schleiften.

»Wie lange ist sie schon so?«, frage er.

»Seit gestern Abend.« Ich sah ihn an. »Wer –«

»Hier rein.« Oben angekommen, traten wir durch einen Durchgang in einen blendend hellen, großen Raum. Im Vergleich zum schummrigen Schnapsladen unten war der erste Stock ein makelloser Raum mit hellem Parkett und einer riesigen Spiegelwand.

Ich brauchte einen Augenblick, ehe ich begriffen hatte, dass es ein Fitnessraum war.

Wir trugen Gobi an Gewichten und Hanteln vorbei, an einem Gestell, das Barren und Balken zugleich war, an mehreren Matten, sogar an einem Pferd; dahinter reichte eine Kletterwand vom Boden bis zur Decke. Von der Decke hing lauter Zeug zum Boxen: schwere Sandsäcke, Boxdummys, Speedbags. Auf der anderen Seite des Raums standen und lagen diverse Kampfsportausrüstungen, eine gefährlicher als die andere, angefangen bei Boxhandschuhen und Kopfschutz über Wurfwaffen, Schwerter und Messer, bis hin zu einem gewaltigen, verschlossenen Gewehrschrank, in dem genug gutgeölte automatische Waffen glänzten, um damit diesen Teil der Schweiz von der Landkarte auszuradieren. Das alles so geballt vor mir zu sehen, war mehr als nur ein bisschen verstörend.

»Wo haben Sie die Atomwaffen?«, fragte ich.

Der Mann beachtete mich überhaupt nicht, sondern machte an der gegenüberliegenden Wand des Übungsraums eine Tür auf. Dahinter erblickte ich ein deutlich wohnlicheres Zimmer, inklusive Marmorböden, einem langen Ledersofa, Tischen aus Glas und Metall und indirekter Beleuchtung. Ich glaubte, die leisen Klänge einer Hawaii-Gitarre zu hören.

»Du bleibst hier.«

»Halt, warten Sie mal –«

Er nahm Gobi mit und machte mir die Tür vor der Nase zu.

27

»99 Problems«

– Jay-Z

Was ziemlich uncool war.

Ich wanderte unruhig in dem Fitnessraum auf und ab, betrachtete mir die Eisen- und Chromgeräte, ohne sie so richtig wahrzunehmen, weil ich die ganze Zeit darüber nachdachte, was bis jetzt alles schiefgelaufen war, und letztendlich darauf wartete, dass der Typ dort wieder herauskam. Als das nicht geschah, ging ich wieder zu der anderen Tür, die nach unten führte, aber der Griff ließ sich nicht herunterdrücken. Abgesehen von allem anderen war ich jetzt offensichtlich auch noch im größten und tödlichsten Trainingsraum des Universums eingesperrt.

Mein leerer Magen machte sich mit einem Knurren bemerkbar, das nicht nur Hunger, sondern eine Beschwerde hinsichtlich der Gesamtsituation ausdrückte. In der Nacht hatte ich an einem seltsam geformten bayerischen Schokokeks geknabbert, der in einem lila Plastikei steckte, und ihn mit zwei Büchsen eines klebrig-süßen deutschen Energiegesöffs runtergespült, aber wann hatte ich zum letzten Mal etwas Richtiges gegessen?

Was ist mit deinen Eltern und Annie? Glaubst du, dass denen jemand irgendetwas zu essen gibt?

Meine Gedanken kehrten wieder zurück zu meiner Familie, die irgendwo eingesperrt war, und schon schämte ich mich dafür, dass ich an mich und meine Probleme gedacht hatte. Ich hoffte, dass man sie wenigstens ab und zu aufs Klo ließ. Besonders Annie wurde immer ganz wild, wenn sie es anhalten musste, wie zum Beispiel bei langen Autofahrten.

Der Gedanke an die drei, aber besonders an Annie, rief in mir eine unbändige Wut auf Armitage und das, was er getan hatte, hervor. Was für ein Drecksack tat einem kleinen Mädchen so etwas an? Ganze vierundzwanzig Stunden währten mein Plattenvertrag mit George Armitage und meine absolute Superberühmtheit. Jetzt war das alles weg, hatte letztendlich nie existiert – und ich war froh, dass er tot war.

Es sei denn, dass sein Tod meiner Familie schadete.

Nicht daran denken, schlug die Stimme in meinem Kopf vor.

Nur wollte diese Technik in letzter Zeit auch nicht mehr so recht funktionieren. Stattdessen stand ich auf einmal vor dem verschlossenen Schrank mit den ganzen Waffen, die da glänzend und wie das schwarze Grinsen des Krieges in mehreren Reihen nebeneinander standen.

Dann ging endlich die Tür auf, und der Typ kam wieder raus.

*

»Vielleicht sollten wir uns miteinander bekannt machen.« Er wischte sich die Hände an einem Handtuch ab, spreizte die Finger und ballte sie dann zu großen, muskulösen Fäusten, die aussahen, als hätten sie doppelt so viele Knöchel und Adern als normale Hände. »Ich weiß, wer du bist, aber du kennst mich noch nicht. Ich heiße nicht Kaya. Ich weiß nicht mal, wer dieser Kaya ist.«

»Entschuldigung«, sagte ich, »aber solche Förmlichkeiten

sind mir gerade ziemlich egal. Ich bin nur deshalb mit Gobi hierhergekommen, weil sie meinte, dass wir vielleicht meine –«

»Deine Familie«, fiel er mir ins Wort. »Genau. Du sprichst von Phillip und Julie Stormaire und deiner zwölfjährigen Schwester Annie, letzte bekannte Adresse Cedar Terrace 115, East Norwalk, Connecticut, derzeitiger Aufenthaltsort unbekannt.«

»Woher wissen Sie das?«

»Sie hat es mir gesagt.«

»Gobi?«

»Zusane.«

Ich nickte. Gobi hieß eigentlich Zusane, aber das war, bevor sie den Namen ihrer toten Schwester Gobija angenommen und sich selbst nach New York eingeschmuggelt hatte, um sich an einem gewissenlosen menschlichen Krebsgeschwür namens Santiago zu rächen. Das alles kam mir schon so lange her vor, dass es auch einem komplett anderen Typen passiert sein könnte.

»Ich bin Erich Schöneweiß.« Er griff in seine Tasche, zog den Schlüssel heraus, den ich in Gobis Tasche gefunden hatte, und drehte ihn zwischen den Fingern. »Du solltest wissen, dass es absolut gefährlich war, Zusane hierherzubringen.« Er sah mich an. »Außerdem hast du ihr damit wahrscheinlich das Leben gerettet.«

»Bedanken können Sie sich später.«

»Ich stelle bereits Nachforschungen über den Verbleib deiner Familie an. Gut möglich, dass etwas Nützliches dabei herauskommt, vielleicht aber auch nicht. Das werden wir schon bald wissen.«

»Wie bald?«

»In ein bis zwei Stunden.«

»Und was dann?«

»Das entscheidest du«, antwortete er, und zum ersten Mal fiel mir auf, wie farblos seine Augen waren, ein fast silbernes Grauweiß wie die Eisschicht, die sich auf altem Schnee bildet, das Eis, das einem, wenn man im falschen Winkel durchbricht, böse in den Fußknöchel schneiden kann. »Ich bitte dich nur darum, dass du, falls du die Behörden informieren möchtest, größtmögliche Diskretion hinsichtlich meiner Mitwirkung walten lässt.«

»Ich soll Ihren Namen nicht erwähnen, verstanden. Wieso war es so gefährlich, Gobi hierherzubringen?«

Erich zögerte, als würde er seine Worte sorgfältig abwägen. Ehe er eine Antwort formulieren konnte, ging die Tür hinter uns auf, und Gobi kam aus dem Zimmer.

Es war mir schleierhaft, wie gut sie schon wieder aussah. Sie trug ein einfaches weißes Flanellnachthemd und Hausschuhe, die aufgetürmten Haare waren in ein Handtuch gewickelt. Die Farbe in ihren Wangen war zurückgekehrt und ihre Augen sahen hell und klar aus, völlig wach und auf ihre Umgebung orientiert.

Sie ging zu Erich, lehnte sich an ihn, nahm seine Hand und murmelte etwas auf Deutsch. Er lächelte und antwortete ihr, wobei er ihre Finger drückte. Dann schaute sie mich an.

»Danke, Perry.«

»Keine Ursache«, erwiderte ich steif. »Ich meine, du weißt schon, ach – egal. Ich habe den Schlüssel in deiner Tasche gefunden und wusste nicht, was ich sonst hätte tun sollen …«

»Du hast das Richtige getan.« Gobi sah sich in dem

Übungsraum um und reckte die Zehen nach oben. »Ich habe drei Jahre in diesem Zimmer verbracht«, sagte sie. »Hier habe ich mich auf meine Reise in die USA vorbereitet.«

»Du hast hier trainiert?« Ich sah Erich an. »Mit ihm?«

Sie warf ihm einen Blick zu, und Erich nickte, es lag immer noch dieser unterkühlte, teilnahmslose Ausdruck in seinen Augen. »In diesem Land«, sagte er, »muss jeder Mann in der Armee dienen. Nachdem mein Vater entlassen wurde, hat er dieses … Hotel gegründet. Wir haben es bis zu seinem Tod gemeinsam geführt, dann habe ich es übernommen. Aber eigentlich ist es kein Hotel.«

»Ach, wirklich?« Mein Blick wanderte über die an den Wänden befestigten Maschinenpistolen. »Ich wollte mich schon nach der Minibar erkundigen.«

Erich lächelte höflich. »In gewissen Geheimdienstkreisen gibt es ein Sprichwort. ›Herr Schöneweiß hat ein Hotel in Zermatt, aber ohne Gäste.‹ Trotzdem bieten wir besonderen Kunden auf privater Basis Unterkunft.«

»Besonderen Kunden?«

»Nicht alles, was ich unterrichte, ist streng genommen legal. Eigentlich ist einiges sehr illegal. Im Keller habe ich einen schalldichten Schießstand und einen kleinen Sprengplatz. Spionage, Überlebenstraining, Rückzug und Verhörtechniken, Telefonüberwachung und Beobachtung. Das Einzige, was man bei mir nicht machen kann, ist –«

»Der Führerschein?«

Erich hob eine Augenbraue und war zum ersten Mal überrascht. »Woher weißt du das?«

»Nur geraten.« Ich dachte an den Broadway, unten am Union Square, an den Geruch qualmender Jaguar-Reifen, als ich in die 14th Street eingebogen war und Gobi neben mir die Entfernungen berechnete. »In dieser Hinsicht habe ich selbst schon ein paar Erfahrungen gesammelt.«

*

Schließlich ließ mich Erich doch noch in seine Wohnung, wo ich duschen und mir eine markenlose Jeans, die nur ein bisschen zu groß war, und ein schwarzes langärmeliges Hemd anziehen konnte, das im Vergleich zu dem überstylishen Euro-Anzug, den ich seit Venedig trug, durchaus bequem war. Als ich wieder rauskam, stand er in der Küche und schnitt Knoblauch, während Gobi einen Obstsalat machte. Ich sah schweigend zu, wie sie mit Hochgeschwindigkeit Ananas, Mango und Melone schnippelte. Es kam mir vor, als schaute ich einer hochprozentigen Mischung aus einem Thriller und einer Kochsendung zu.

»Was ist das?«, fragte ich.

»Spinat-Frittata.«

»Nicht das.« Ich zeigte mit dem Finger darauf. »Das da.«

Erich schaute nach hinten ins angrenzende Zimmer, auf den Computerbildschirm auf dem Schreibtisch. Ich erkannte Paulas iPad wieder, das an den Rechner angeschlossen war. Endlose Reihen von IP-Adressen scrollten über den Bildschirm.

»Ich scanne die empfangenen und verschickten Nachrichten des iPad, besonders die E-Mail des Fotos, das sie erhalten hat. Jetzt hängt es von dem Grad der Verschlüsselung ab, den deine Freundin benutzt hat –«

»Exfreundin.«

»Klar.«

Ich holte tief Luft. »Schon was gefunden?«

»Das eine oder andere, ja.« Er ging zum Schreibtisch und klickte mit der Maus, was den Datenfluss so weit verlangsamte, dass man die einzelnen Code-Folgen lesen konnte. »Leider sieht es so aus, als würden Armitages Leute ihre Nachrichten durch mehrere verschiedene Server umleiten. Deshalb könnte deine Familie in Reykjavik, Port-au-Prince, Las Vegas oder in so gut wie jeder europäischen Stadt sein.«

»Besser kriegen Sie's nicht raus?«

»Dazu braucht es mehr Zeit. Und vielleicht auch eine schnellere Ausrüstung, als sie mir hier zur Verfügung steht.« Er holte ein Handy hervor und warf Gobi einen Blick zu. Dann ging er aus dem Zimmer. »Entschuldige mich mal kurz.«

Ich wartete, bis die Tür hinter ihm ins Schloss gefallen war, dann sah ich Gobi an, die auf der anderen Seite des Tisches stand. Sie war mit dem Salat fertig und sah sich um, ob sie noch etwas anderes kleinschnippeln konnte. »Als du hier mit ihm trainiert hast, dann hast du auch ... hier gewohnt?«

Sie lächelte knapp und legte das Messer hin. »Du willst wissen, ob wir miteinander geschlafen haben?«

»Vergiss es«, sagte ich. »Das geht mich nichts an.«

»Als ich hierherkam, war mein Leben zerstört – wegen meiner Schwester, was mit ihr passiert war.« Das Lächeln verflog. »Ich war voller Kummer und Zorn. Erich hat mir sehr viel beigebracht.«

»Alles klar.«

Sie hob eine Augenbraue. »Wenn du keine Antworten hören willst, Perry, solltest du keine Fragen stellen.«

»Ist ja auch egal.«

»Du bist eifersüchtig.«

»Also bitte!« Ich spürte, wie meine Ohrenspitzen glühend heiß wurden, ein Gefühl, das ich wirklich hasste, weil ich wusste, dass jeder, der mich ansah, sofort erkannte, dass ich rot anlief. »Du und ich –«

»Du bist noch Jungfrau, ja?«

»Hör mal«, antwortete ich, »das Thema ist jetzt *so was* von irrelevant …«

»Diese Frau. Paula. Die ganze Zeit, du mit ihr zusammen, habt ihr da nie –«

»Sie war nicht die Richtige«, platzte es aus mir heraus. Ich wusste gar nicht, wo das herkam. Jedenfalls hatte ich nicht die Absicht, Gobi mehr über mein Leben zu verraten, als sie bereits wusste, und bis zu diesem Augenblick hatte ich nie so richtig darüber nachgedacht, warum Paula und ich nie miteinander geschlafen hatten. Ich hatte immer meine Blockade dafür verantwortlich gemacht, meine Unerfahrenheit und Unsicherheit, die Angst vor dem Unbekannten oder was auch immer, und die Sache mit mir selbst abgemacht. Jetzt saßen wir hier in der Schweiz und nahmen die ganze Geschichte unter grellem Scheinwerferlicht auseinander, als handelte es sich um eine zappelnde Kröte.

»Du suchst eher nach einem ruhigen Mädchen?«, fragte sie.

»Ehrlich gesagt«, antwortete ich, »wäre mir momentan ein Mädchen, das nicht ständig versucht, mich umzubringen, am allerliebsten.«

»Ich habe alle E-Mails gelesen, die du geschickt hast, Perry. Jede einzelne.« Sie saß jetzt direkt vor mir, so nah, dass ich sie atmen hören konnte. »Weißt du, wie schwer es mir gefallen ist, nicht darauf zu antworten? Dir nicht zu schreiben, wo ich war?«

»Ja, schon gut, du hast bestimmt richtig gehandelt«, sagte ich. »Ich meine, wir können uns nicht mal auf demselben Kontinent aufhalten, ohne dass jemand dabei zu Tode kommt.«

Sie sah mich mit gespieltem Entsetzen an. »Ist also ein Paktbrecher?«

»Was?«

»Ich und du.«

»Ja, riesengroßer Mega-Paktbrecher.«

»Tja, wer sie auch ist ...« Gobi lächelte wieder und stellte das benutzte Geschirr in die Spüle. »Ich hoffe, dass du sie findest, bevor du dir den Hals brichst.«

28

»King of Pain«

– The Police

Nach einem späten Frühstück legte ich mich auf Erichs Couch und schloss kurz die Augen. Eigentlich wollte ich nur ein paar Minuten ausruhen, aber die Fahrt in der Nacht davor musste mich total geschlaucht haben, denn als ich die Augen wieder aufmachte, hatten sich die Schatten im Studio deutlich in die Länge gezogen, und es sah verdächtig nach Abend aus.

»Wie spät ist es?« Ich setzte mich auf und versuchte, mich in dem fremden Zimmer zu orientieren. »Wie lange habe ich geschlafen?«

Erich hob den Blick. »Fast den ganzen Tag.«

»Warum habt ihr mich nicht geweckt?«

»Es sah so aus, als könntest du ein bisschen Schlaf vertragen.« Er hatte einen weißen Judoanzug mit einem Gürtel aus groberem Gewebe an, das ich nur erkannte, weil ich mit neun Jahren selbst mal Judo gemacht hatte.

»Was ist los? Hab ich was verpasst?«

»Erich?« Gobis Stimme kam von der Tür. Sie schaute mit einem Ausdruck reiner, kindlicher Freude auf Erichs weißen Kampfsportanzug. »Können wir?«

»Du musst es mir versprechen«, erwiderte Erich. »Nicht mit voller Kraft.«

Gobi nickte. »Ich werde Gnade walten lassen.«

»Ich meinte, deiner Gesundheit wegen.«

»Ich weiß, wie du es gemeint hast«, sagte sie und folgte ihm in den Übungsraum.

*

Zwanzig Minuten später, nachdem Gobi Erich gepackt, ihn über die Schulter gewirbelt und auf die Matte geworfen hatte, kam er zu mir herüber. Ich stand oder kauerte vielmehr in der Ecke neben dem Gewehrschrank. Er schnaufte und schwitzte, rieb sich den Ellbogen und grinste kläglich.

»Mit voller Kraft möchte ich mir das nicht vorstellen«, sagte ich.

Er antwortete nicht sofort. Auf der anderen Seite des Fitnessraums stand die barfüßige Gobi, kippte sich eine Flasche Wasser über den Kopf und schüttelte sich die Tropfen aus den Haaren. Sie trug eine Judouniform, die zu Erichs Anzug passte und der ihre Figur perfekt betonte, als wäre sie ihr auf den Leib geschneidert worden und hätte seitdem darauf gewartet, dass sie hierher zurückkehrte.

Sie und Erich waren beim Training wie zwei Menschen aufeinander losgegangen, die den Körper des anderen auf intimste Weise kannten, hatten einander herumgerissen, ausgehebelt und mit einem Maß an Vertrautheit, beinahe Lust, angepackt, das meine Vermutungen hinsichtlich ihrer Beziehung durchaus bestätigte. Ich hatte mich dabei weniger wie ein unschuldiger Zuschauer gefühlt, sondern eher wie ein Voyeur.

Nachdem sie fertig waren, wanderte mein Blick über die anderen Säcke und das Trainingsmaterial und schließlich wieder zu Erich. Dann sprach ich die Worte aus, von denen ich gedacht hätte, dass ich sie nie aussprechen würde.

»Bring mir bei, wie man kämpft.«

Erich sah mich amüsiert aus dem Augenwinkel an. »Lieber nicht.«

»Lieber doch.« Ich erhob mich. »Komm schon. Jetzt gleich. Auf.«

»Perry, ich habe Zusane drei Jahre trainiert.«

»Sie heißt Gobi«, sagte ich.

»Ganz egal. Allein das Konditionstraining dauert ewig.«

»Ach ja?« Schon jetzt war der logischen Hälfte meines Gehirns klar, dass er natürlich recht hatte. Was ich wollte, war so etwas wie diese Szene in *Matrix*, in der Neo einen Hubschrauber fliegen muss und sich die nötigen Kenntnisse einfach direkt ins Gehirn einstöpselt. »Das werden wir ja sehen.«

»Warum willst du auf einmal kämpfen lernen?«

»Selbstverteidigung.«

»Gegen …?«

»Gegen … jeden.«

Erich musterte mich von oben bis unten, und so sehr mich das auch irritierte, ich hatte den Eindruck, dass das, was er sah, meinen derzeitigen Zustand wahrscheinlich sehr genau wiedergab: Ich war verzweifelt, spielte absolut in der falschen Liga, war das emotionale Äquivalent eines nackten Maulwurfs.

»Du musst dir wegen ihr keine Sorgen machen.«

»Ach, echt nicht?«, fragte ich. Hatte er auch nur einen blassen Schimmer davon, was ich wegen ihr bis jetzt alles durchgemacht hatte?

Erich schüttelte den Kopf. »Du kannst dich immer auf sie verlassen. Sag einfach *As tave myliu* zu ihr.«

»Was heißt das?«

Er lächelte wieder, ganz schwach. »Nur so ein litauischer Spruch.«

»Perry?« Gobi war zu mir herübergekommen, mit feuchten Haaren und dem nassem Judoanzug, der sich, wie mir nicht entging, eng an sie schmiegte. Sie streckte mir die Hand entgegen. »Willst du spielen?«

*

Wir fingen mit Judo an. Und damit hörte es auch schon auf. Gobi sagte, sie wolle mir einen Zweihand-Schultergrundwurf zeigen, ganz einfach. Dann schob sie mir den Ellbogen unter den Arm, und ehe ich wusste, wie mir geschah, lag ich auch schon auf dem Boden und mein Rückgrat fühlte sich an wie ein kräftig durchgeschütteltes Puzzle.

»Perry?« Ihr Gesicht und das von Erich tauchten über mir auf. Keiner von beiden sah besonders besorgt aus. »Alles in Ordnung?«

Ich wollte »nein« sagen, aber um zu reden hätte ich atmen müssen, und das wollte mir noch nicht so recht gelingen. Kurz darauf hörte ich Gobi etwas von »duschen« sagen und stellte erleichtert fest, dass es mir ohne Hilfe gelang, mich langsam aufzurichten.

*

»Es geht ihr nicht gut«, sagte Erich, als wir beide zur Wohnung zurückgingen.

»Ihr?«, brachte ich mühsam heraus und versuchte, das Gefühl zu verdrängen, als hätte mir jemand das Brustbein aufgerissen und ohne Betäubung eine Operation am offenen Herzen ausgeführt. »Und was ist mit mir?«

»Sie hat mir gesagt, dass sie bei ihrem Auftrag in Venedig versagt hat.«

»Armitage? Glauben Sie mir, sie hat kein bisschen versagt.«

»Das erste Ziel«, sagte Erich. »Der Mann, der als Priester verkleidet war. So was ist ihr vorher noch nie passiert.«

»Ja, kann ich mir denken.« Ich dachte an den Glatzkopf in dem Reisekoffer und wie er im Kanal die Augen aufgemacht hatte. Und ich dachte an Gobi, wie sie im Trainingsraum herumgewirbelt war. »Aber jetzt scheint sie doch wieder in Ordnung zu sein.«

»Die Corticosteroide, die ich ihr gegeben habe, haben die Blutung gestoppt und ihre Kraft zeitweilig wiederhergestellt, aber …« Erich schüttelte den Kopf. »Ich bin kein Arzt. Mein medizinisches Können beschränkt sich auf die Behandlung von Wunden im Einsatz, wie ich es bei der Schweizer Armee gelernt habe, und was ich in den Jahren hier so aufgeschnappt habe. Aber seit ich sie zuletzt gesehen habe, hat sich ihr Zustand erheblich verschlechtert.«

»Meinen Sie ihre Epilepsie?«

Er starrte mich an. »Hat sie dir das erzählt? Dass sie unter Epilepsie leidet?«

»Ja. Schläfenlappenepilepsie. Wie van Gogh. Warum?«

Erich antwortete nicht.

»Soll das heißen, dass es nicht stimmt?«

»Epilepsie verursacht normalerweise keine inneren Blutungen. Und auch keine so intensiven und langen Stadien von Demenz.«

»Wann hatte sie denn Demenz?«

»Als du sie hierhergebracht hast. Sie war völlig orientierungslos. Sie hat mir erzählt, du seist ihr letztes Ziel. Sie hat geschworen, dass sie den Auftrag hat, dich umzubringen.«

»*Was?*«

Erich schüttelte den Kopf. »Wenn du sie jetzt danach fragst, behauptet sie, dass sie sich nicht daran erinnert. Aber gestern …«

»Wenn es keine Epilepsie ist«, sagte ich, »wieso verhält sie sich dann so?«

»Hat sie dir jemals erzählt, woher die Narbe an ihrem Hals stammt?«

»Nein«, sagte ich und ging hinter ihm her. »Warum?«

Erich ging durchs Wohnzimmer, in dem die Computer immer noch an Paulas iPad hingen, und fing an, etwas zu tippen, ohne mich anzusehen.

»Moment mal, was ist da passiert?«

»Was ist mit wem passiert?«, fragte Gobi hinter mir. Ich drehte mich um und sah, dass sie immer noch ihren *judogi* anhatte und an einem großen Glas Wasser nippte. Ihr Blick wanderte zu Erich und wieder zu mir. Als keiner von uns antwortete, stellte sie das Glas ab, kam noch einen Schritt auf uns zu und wiederholte dieselbe Frage mit ruhiger Eindringlichkeit. »Worüber habt ihr gerade geredet?«

Dann hörte man es wieder tippen, und eine Stimme von der anderen Seite des Zimmers, von dort, wo die Bildschirme mit Paulas iPad verbunden waren, sagte etwas.

Es war die Stimme meines Vaters.

29

»Family Man«

– Hall & Oates

»Ich weiß nicht, wo sie hingegangen ist«, sagte Dad über die Lautsprecher. »Ich weiß nicht, wann sie wiederkommt.«

Ich sah über Erichs Schulter auf den Monitor. Darauf waren Mom, Dad und Annie zu sehen, die offensichtlich immer noch in demselben schmutzig weißen Raum hockten, in dem sie schon zuvor fotografiert worden waren. Keiner von ihnen schaute in die Kamera. Annie schlief, und Mom hielt ihren Oberkörper in den Armen, wiegte sie wie ein Baby. Wenn man es nicht besser wüsste, hätte man sie für drei gestrandete Reisende an einem Flughafenterminal halten können, die auf besseres Wetter warteten. Dad hatte die Hemdärmel hochgekrempelt. Die Zeitung, die er zuvor in der Hand gehalten hatte, lag zerknittert neben ihm sowie ein paar leere Teller und Verpackungen und Wasserflaschen. Was mich ein wenig erleichterte. Zumindest gab man ihnen zu essen und zu trinken.

Mom sah Dad an. »Willst du versuchen, mit ihr zu reden?«, fragte sie leise, als wollte sie Annie nicht wecken, aber das Mikrofon erfasste ihre Stimme ganz deutlich.

»Ich weiß nicht … Was soll ich sagen?«, erwiderte Dad.

»Früher scheinst du damit keine Probleme gehabt zu haben.«

Er sah sie an. »Im Ernst, Julie? Willst du jetzt wirklich damit anfangen?«

»Ich hätte es wissen müssen«, sagte Mom tonlos, starrte vor sich auf den Boden und rieb sich die Schläfen, eine Geste, die ich mit einer ganz besonderen Situation in ihrer Ehe vor zwei Jahren in Verbindung brachte. »Ich. Hätte. Es. Wissen. Müssen.«

»Ach, als wärst du selbst in letzter Zeit eine Heilige gewesen«, sagte Dad laut genug, dass Annie sich in Moms Schoß ein wenig bewegte.

»Sei leise. Was ist bloß los mit dir?«

Dad sagte überhaupt nichts, was Mom nur noch wütender zu machen schien.

»Fang bloß nicht damit an«, sagte sie. »Das hat überhaupt nichts damit zu tun.«

Mein Dad fuhr sich mit den Fingern durch die wenigen verbliebenen Haare. »Julie, wir sind in einem Raum eingesperrt, ohne zu wissen, wer dafür verantwortlich ist oder wann sie wiederkommen. Es ist mir verdammt noch mal egal, mit welchem alten Freund du auf Facebook flirtest oder nicht.«

»Moment mal«, sagte ich zu Erich. »Ist das live?«

»Nein«, antwortete er. »Es ist eine Quicktime-Datei. Ein Attachment. Ist erst vor ein paar Minuten durch das iPad gekommen.«

»Kannst du rauskriegen, wo sie herkommt?«

»Wir haben noch mehr.« Erich klickte wieder auf PLAY.

Ich wünschte mir sofort, er hätte es nicht getan.

»Die Freundin deines Sohnes«, sagte Mom gerade. »Eins würde ich gern wissen, Phil, nur so aus reiner Neugier: Kennst du überhaupt keine Grenzen? Geht es immer noch tiefer hinab mit dir?«

Dad holte tief Luft und atmete langsam wieder aus. Vielleicht lag es am Aufnahmewinkel, aber er sah sich plötzlich überhaupt nicht mehr ähnlich. »Ich habe dir bereits gesagt, dass nichts vorgefallen ist.«

»Und das soll ich dir glauben?«

»Momentan ist es mir, ehrlich gesagt, ziemlich egal, was du glaubst.«

Das war das Dümmste, was er in jeder Hinsicht hätte sagen können, und am liebsten hätte ich ihn durch den Bildschirm erwürgt. Mom sackte in sich zusammen und fing einfach an zu heulen. Es war ein schreckliches Geräusch, heiser und kratzig, als hätte sie auf einmal eine schreckliche Erkältung erwischt. Annie rührte sich im Schlaf, zog die Knie an und kuschelte sich in Moms Arme, wachte aber nicht auf. Ich konnte nur hoffen, dass sie wirklich schlief.

»Nun komm«, sagte Dad, »so habe ich es nicht gemeint.« Als er die Hand nach ihrem Arm ausstreckte, zuckte sie weg.

»Fass mich nicht an.«

»Julie –«

»*Nicht!*«

»Na schön«, sagte er müde. »Aber ich möchte, dass du mir zuhörst. Ich weiß nicht, was hier vor sich geht. Ich weiß nicht, warum wir hier sind. Offensichtlich ist Paula nicht die, für die sie sich ausgegeben hat.«

»Offensichtlich.« Der Sarkasmus in Moms Stimme hätte die Isolation der Lautsprecherkabel wegfressen können.

»Das habe ich nicht gemeint.«

Mom starrte auf irgendeinen Punkt, der von der Kamera nicht erfasst wurde. »Hat sie nicht davon gesprochen, dass wir morgen hier rauskommen?«

»Keine Ahnung.«

»Du hast so getan, als würde es dir etwas sagen.«

Dad schüttelte den Kopf. »Ich wollte sie dazu bringen, uns mehr zu verraten. Irgendwas. Vielleicht etwas über Perry.«

Mom setzte sich gerade hin und sah ihn an. »Glaubst du, dass sie ihn irgendwo gefangen halten?«

»Keine Ahnung.«

»Würde sie es dir sagen, wenn du sie fragen würdest?«

»Wahrscheinlich nicht.«

»Versuch es trotzdem.«

»Mach ich.«

»Er hat nicht mal mehr einen Reisepass«, sagte meine Mom, und es hörte sich an, als würde sie gleich wieder anfangen zu weinen. »Er hat überhaupt nichts mehr.«

»Mal sehen, was ich in Erfahrung bringe, wenn sie wiederkommt. Aber glaube mir, Julie, Gott ist mein Zeuge, dass nie etwas zwischen mir und dieser Frau gewesen ist.«

Mom schwieg ziemlich lange. Als sie schließlich wieder etwas sagte, klang ihre Stimme kalt und distanziert.

»Einverstanden«, sagte sie.

»Ehrlich?«

»Was die Tatsache angeht, dass das momentan überhaupt keine Rolle spielt«, stellte sie klar. »Momentan hoffe ich nur, dass es Perry gutgeht.«

Dad sah sie an, aber sie sagte nichts mehr.

Dann war der Clip zu Ende.

30

»Timebomb«

– Beck

Ich stand reglos hinter Erich und starrte auf den Bildschirm. Das Komische am seelischen Gleichgewicht ist, dass einem nicht bewusst wird, wie sehr man davon abhängig ist, bis jemand daherkommt und dir den Boden unter den Füßen wegreißt. Erich beugte sich vor, tippte etwas in die Tastatur, woraufhin sich kleine Klicks zu etwas oder auch nichts zusammenfügten, und es war mir alles vollkommen egal. Selbst Gobis Hand auf meiner Schulter spürte ich kaum.

»Tut mir leid, Perry. Dein Vater –«

»Ja.« Ich drehte mich um, zumindest drehten sich meine Beine, und sie nahmen den Rest von mir mit. Auf einmal wollte ich nicht mehr darüber reden. Darüber reden bedeutete, darüber nachzudenken, und man musste nicht sonderlich lange darüber nachdenken, wie einfach es Paula gefallen sein musste, meinen Dad zu benutzen, so wie sie mich benutzt hatte, um an Informationen über Gobi heranzukommen, sein Vertrauen zu gewinnen, bis er schließlich – und mit ihm seine Familie – verwundbar war. Ich versuchte mir vorzustellen, wie Dad versucht, Paulas Annäherungen zu widerstehen – ich wollte ihn vor mir sehen, wie er sie von sich stößt, wie er ihr sagt, wie falsch das alles wäre, dass sie schließlich mit seinem Sohn gehe. Dass er so etwas nie tun könne. Man konnte Fehler machen, und man konnte *Fehler* machen. Und man konnte etwas absolut falsch machen.

Ich kannte ihn zu gut.

Und Gobi auch.

Ich gab mir Mühe, so ruhig wie möglich zu reden. »Wie lange dauert es noch, bis du rausgefunden hast, woher das geschickt wurde?«

»Nicht mehr lange«, sagte Erich und gab eine Reihe weiterer Befehle ein. Der Bildschirm blinkte immer wieder auf. »Sie befinden sich irgendwo in Westeuropa. Den genauen Ort habe ich bald. Ein paar Minuten noch.«

»Sehr gut«, sagte ich. »Jetzt würde ich wirklich gerne irgendwas kaputtschlagen.«

*

Das Brett in Gobis Händen war zehn Zentimeter dick und gerade breit genug, dass ich mir Dads Gesicht darauf vorstellen konnte. Ich sah, wie es sich in das Gesicht von Armitage verwandelte, dann in das von Paula, dann wieder in Dads, dann in eine verrückte Mischung aus allen dreien. Ich ballte meine Finger zur Faust. Mit jeder Sekunde, die ich zögerte, wurde das Verlangen zuzuschlagen immer stärker. Es beherrschte meine Schulter bis in den Arm und die Hand hinein, bis so etwas wie eine vibrierende elektrische Spannung aufgebaut war.

Erich stand neben mir. Seine Stimme war geduldig und unaufgeregt. »Beim Taekwondo«, sagte er, »liegt der Schlüssel darin, sich auf etwas jenseits deines Zieles zu konzentrieren, so dass du letztendlich durch es hindurch schlägst. Um dieses Brett zu zerbrechen, muss deine Hand eine Geschwindigkeit von ungefähr zehn Meter pro Sekunde erreicht haben, wenn sie darauftrifft. Stell dir deine Faust als Kugel vor, die aus einem Gewehr abgefeuert wird. Stell dir vor, wie sie durch das Brett hindurchschlägt. Bist du bereit?«

Ich nickte, überprüfte meinen Stand, machte eine Faust und drehte einen Knöchel, wie er es mir gezeigt hatte, ein wenig nach außen. Ich spürte das Blut in den Schläfen hämmern. Dann legte ich die gesamte Kraft meines Körpers in den Schlag. Als meine Knöchel dagegen krachten, war ein lautes *Tschack* zu hören, und ein greller Schmerz zuckte durch meinen Arm bis in die Schulter, wo er zu explodieren schien. Ich krümmte mich, hielt mir die Hand und versuchte, weder ohnmächtig zu werden noch einzupinkeln.

»Du bist noch nicht richtig konzentriert.« Erichs Stimme drang durch den Schmerz zu mir durch. »Wut ist etwas anderes als Konzentration.«

»Aha«, keuchte ich. »Vielen Dank.«

»Überprüfe deinen Puls.«

Ich legte die Fingerkuppen meiner unversehrten Hand seitlich an den Hals. Der Puls raste so schnell, dass ich ihn fast nicht zählen konnte. Ich atmete mehrmals tief durch und wartete, bis er wieder zwischen sechzig und siebzig war.

»Versuch es noch mal.«

»Nein, danke.« Ich schüttelte den Kopf. »Dieses Brett kriegt keiner durch.«

Erich sah Gobi an, dann stellte er seine Füße parallel zu den Schultern. Ein Ausdruck absoluter Konzentration, beinahe von Abgeklärtheit, legte sich über sein Gesicht. Ich sah, wie er ausholte und die Faust direkt auf das Brett stieß.

Die gesamte Wand explodierte vor unseren Augen.

31

»Blow Up the Outside World«

– Soundgarden

»Panzerfaust«, rief Erich. Seine Stimme war im Nachbeben nur undeutlich zu hören.

Ich kroch nach hinten, und der Computerfreak in mir konnte an nichts anderes als an PC-Kriegsspiele denken.

Gobi stieß mich zur Seite, als eine breite Garbe orangefarbener Flammen durch den Trainingsraum fauchte. Putz- und Metallstücke sowie Glassplitter kamen durch einen bitterkalten Wind hereingeprasselt, und durch das Loch in der Wand sah ich, dass es draußen dunkel war. Die Nacht war hereingebrochen. Da es hier keine Fenster gab, jedenfalls bis zu diesem Augenblick noch nicht, hatte ich keine Ahnung, wie spät es eigentlich war.

»Diese Außenwände bestehen aus achtzehn Zentimeter dickem Stahl«, sagte Erich jetzt. »So etwas ist eigentlich unmöglich.«

»Ach du Scheiße.«

»Bleib unten.« Ohne sich nach mir umzudrehen, schloss er den Wandschrank mit den automatischen Waffen auf und holte etwas heraus, das wie eine AK-47 und ein Bananenmagazin aussah, steckte alles zusammen und warf das geladene Gewehr quer durch den Raum zu Gobi hinüber. Sie fing es mit einer Hand, wobei sie nicht einmal richtig hinsah. Erich griff noch einmal in den Schrank und suchte eine sogar noch größere Maschinenpistole für sich aus, setzte das Nachtsichtgerät auf und schnappte sich dann zwei Kampfwesten, von denen er eine Gobi und die andere mir reichte. »Zieh die an, wenn du nicht sterben willst.«

Das hörte sich nach einem guten Plan an, zumindest das mit dem Nicht-sterben-wollen. Ich griff nach der Weste und hätte sie fast fallen gelassen, dann schob ich die Arme durch die Gurte und spürte zwanzig Pfund kugelsicheres synthetisches Polymer auf meinen Schultern und meinem Nacken wie ein Joch. Vielleicht retteten einem die Dinger auf genau diese Weise das Leben: Sobald man sie angelegt hatte, ist man nicht mehr in der Lage, das Haus zu verlassen.

Eine zweite raketengetriebene Granate krachte mit einem lauten *RUMMS* in das schon halbzerstörte Trainingszimmer, dass einem die Lungen flatterten. Dieses Geschoss war direkt von unten gekommen, und ich spürte, wie meine Knie sich in Pudding verwandelten und ich das Gleichgewicht verlor. Irgendwo links von mir kippte ein hohes Regal mit Hanteln um, donnerte auf den Boden und mehrere hundert Kilo an Gewichten rollten auf das Loch im Boden zu, das zehn Sekunden vorher noch nicht dort gewesen war. Wer auch immer dort unten sein mochte, ich hoffte, dass ihm die Gewichte direkt auf den Kopf fielen.

RUMMS! Eine dritte Explosion, und ganz Europa hüpfte in die Luft und schüttelte sich wie ein nasser Hund. Als ich wieder geradeaus sehen konnte, erblickte ich Gobi und Erich, die sich links und rechts des Loches in der Wand postiert hatten, dessen Ränder immer noch wie ein brennender Reifen im Zirkus loderten, durch den jeden Augenblick eine ganze Reihe Königstiger springen würde. Wie abgesprochen schwenkten beide herum und fingen an, schräg nach unten auf die Straße zu ballern. Ich hatte die beiden miteinander trainieren, aber ich hatte sie noch nicht gemeinsam kämpfen sehen. Es war, als würde man einem Soldaten und seinem Schatten dabei zusehen, wie sie genau abgezirkelte, präzise, fast schon choreographierte, Bewegungen ausführten. Ich wusste nicht, ob mich das eher beruhigte, oder ob ich neidisch war.

Nachdem er das erste Magazin geleert hatte, ging Erich wieder in Deckung, um nachzuladen und sich eine Maschinenpistole über die Schulter zu streifen; ich sah Gobi vortreten und weitere dreißig Schuss in die Dunkelheit abfeuern. Ein oder zwei Sekunden war alles unheimlich und ohrenbetäubend still. Ich konnte niemanden dort unten sehen, aber wer es auch sein mochte, er schien von dem Gegenangriff nicht groß beeindruckt zu sein, denn jetzt folgte der dritte Granatenbeschuss, heftiger noch als die ersten beiden. Über mir hörte ich das Kreischen klirrenden Metalls, als die Decke über Erichs schimmernder Sammlung von Samuraischwertern und -masken nachgab.

Gobi warf mir einen Mantel zu. »Wir verduften«, rief sie, während Erich seinen Posten an der Wand einnahm.

»Wozu brauche ich einen –«

»Er ist feuerabweisend.«

Ich stieß die Arme in die Ärmelöffnungen. »Wo gehen wir hin?«

»Runter.«

»*Was?*«

Sie packte mich am Kragen, und wir sprangen durch das Loch im Boden. Die sechs Meter verwandelten die Schwerkraft in einen Autozusammenstoß, und wir krachten mit den Füßen zuerst in den alten Weinladen, in dem es bereits brannte; überall zersplitterten leere Glasflaschen und Holzregale. Voller Panik richtete ich mich auf, atmete dichten Rauch ein, beugte mich nach vorne und hatte auf einmal vergessen, wie man richtig atmete, lief oder auch nur dachte.

»*Idiot!*«, rief Gobi. Aus ihrem Mund klang das Wort wie ein aufregender neuer Energy-Drink, etwas, das zu gleichen Teilen aus Taurin und extremem Verdruss gemischt wird. »Wo willst du hin?« Sie packte meinen Arm und zerrte mich nach vorne, ich stolperte durch Schutt und Glas. Durch den Rauch sah ich nichts anderes als die Mündungsblitze automatischer Feuerwaffen zwischen zerbrochenen Flaschen, wie ein Garten voller exotischer orangefarbener und roter Blumen.

Wir fielen rückwärts durch ein Loch in der Wand und landeten hustend und würgend auf nassem Asphalt.

»Los, weiter.«

Benommen vom Rauch blickte ich auf das brennende Skelett der Ladenfassade und merkte, dass ich fast ohnmächtig wurde. »Was ist mit Erich?«

»Der kommt schon klar.«

Es hörte sich nicht so an, als glaubte sie selbst daran.

Nicht ohnmächtig werden, ermahnte ich mich. *Einfach durchhalten.*

Ich versuchte etwas zu sagen, dann wurde die Welt rings um mich schwarz.

32

»Wake Up«

– Rage Against the Machine

»Ich bin hier.« Ich hob ängstlich den Kopf. »Du musst mich nicht dauernd schlagen.«

»Es ist die Innenseite der Autotür.« Gobis Stimme waberte von irgendwo jenseits von Zeit und Raum heran. »Du haust selbst mit dem Gesicht dagegen.«

»Aha.« Mein Kopf wurde sofort klar wie eine beschlagene Windschutzscheibe nach dem Anschalten des Gebläses. Ich war nicht direkt bewusstlos gewesen, eher deaktiviert, eine Kombination aus Kohlenmonoxid und einem leicht erhöhten Realitätsempfinden, eine Art psychologische Höhenkrankheit. Ich stellte fest, dass wir uns wieder in einem dieser kleinen Zermatt-Taxis befanden, das mit hundert Sachen durch die Hauptstraße bretterte, nur dass jetzt Gobi am Steuer saß.

»Wie haben die uns gefunden?«

»Frage der Zeit.«

»Warte mal – *du fährst Auto?*«

»Ich kann fahren.«

Falls das stimmte, dann nur in einem sehr allgemeinen Sinne des Wortes. Sie schlingerte von einer Seite der schmalen Straße zur anderen und kurbelte dabei wild am Lenkrad, als hätte sie den Führerschein in irgendwelchen alten Filmen gemacht, in denen der Hintergrund offensichtlich hinter den Köpfen der Schauspieler auf eine Leinwand projiziert wurde und man ihnen Luft ins Gesicht pustete und sagte, sie sollten ordentlich am Steuer drehen.

Vor uns sah ich ein ganzes Dutzend Lichter blinken, hörte Musik und Lärm – dort zog eine ganze Parade vorüber, die vom Ausbruch des Dritten Weltkrieges in Bewegung gesetzt worden war. Gobi hielt direkt darauf zu, mit einer Hand am Lenkrad, was ihr ermöglichte, sich aus dem Fenster zu lehnen und auf diejenigen zu schießen, die hinter uns her fuhren.

»Lass den Kopf unten.«

»Wo willst du hin?«

Sie antwortete mir nicht, aber ihre Augen wurden ganz groß. Ich versuchte an etwas zu denken, womit ich sie wirklich überraschen konnte, und ich musste nicht sehr lange überlegen. Vor uns standen Hunderte alpenländische Nikoläuse auf der Straße und sahen zu, wie sich das Feuer langsam ausbreitete.

»Was zum Teufel …?« Ich schaute wieder zu der bunten Fahne hinauf und erinnerte mich daran, was darauf gestanden hatte – CLAUWAU. Allem Anschein nach waren wir inmitten eines internationalen Nikolaus-Treffens gelandet.

Überall Nikoläuse. Die meisten sahen ebenso erschrocken aus wie ich, aber das ließ sich in dem allgemeinen Chaos nur schwer sagen. Einer von ihnen wirbelte herum, als wir vorüberrasten, und ich fragte mich, ob Paula oder wer auch immer uns verfolgte, so vorausschauend gewesen war, dass sie ihre Attentäter als Nikoläuse verkleidet hatten. Irgendwo detonierte die nächste Granate mit einem *WUUSCH* und einem Zischen, und eine ganze Meute Männer und Frauen in roten Mänteln mit ausgestopften Bäuchen rannte in alle Himmelsrichtungen davon. Als die Straße endlich wieder frei wurde, sah ich einen Weihnachtsmann, der laut schreiend und mit brennendem Bart in eine Gasse rannte. Rentiere – hier handelte es sich um echte Tiere, die sich aus ihrem Geschirr losgerissen hatten – sprinteten ebenfalls in alle Richtungen davon. Es war das reinste *Nikolausgeddon*.

Gobi wich schleudernd einer zweiten Herde Nikoläuse aus, die alle mit Elvis-Tollen und Goldlamé-Stiefeln ausgestattet waren und kurz zuvor noch bei einer Art Wettbewerb an einem Holzpfahl emporgeklettert waren. Der Pfahl war umgefallen, und Gobi kurvte um ihn herum, wobei sie mit den linken Rädern so heftig irgendwo dagegen fuhr, dass ich etwas unter uns abreißen hörte.

»Wo willst du hin?«, stieß ich hervor.

Die Antwort lautete: »Hubschrauberlandeplatz.«

*

»Wenn wir oben sind«, sagte Gobi, »lass mich reden.«

»Glaubst du wirklich, dass sie uns dort einfach wegfliegen lassen?«

»Ich denke schon.« Sie hob die Maschinenpistole ein wenig an, stieß dann die Hand in ihren Mantel und zog ein sattes Bündel Euros hervor, das von einer großen Geldscheinklammer aus Metall zusammengehalten wurde und das sie mir in die Hand drückte. »Halt das fest. Falls wir verhandeln müssen.«

»Hast du dafür nicht die Knarre?«

Eine rhetorische Frage, das wussten wir beide. Wir hatten unser Ziel erreicht. Zuerst war es mir nicht klar, auch nicht, als ich sah, wie sich die große blau-weiße AIR ZER-

MATT-Garage vor uns öffnete und sich ein Autolift von der Größe eines Flugzeugträgers auftat.

Wir rollten hinein, und der Fahrstuhl fuhr aufwärts, oben öffneten sich die Türen, und wir rollten auf das Dach hinaus.

Der Hubschrauber wartete auf uns.

Auf dem roten Rumpf waren weiße Schriftzeichen angebracht. Die Rotoren drehten sich bereits und gaben das unverkennbare *Ffft-Ffft-Ffft* der Blätter von sich, begleitet vom Aufjaulen der Turbinen. Ich hatte irgendwo etwas über Vietnam-Veteranen gelesen, die das Geräusch von Rotoren nicht mehr ertragen konnten, weil sie davon sofort an den Krieg erinnert wurden. In diesem Augenblick konnte ich das voll verstehen. Obwohl es auf der anderen Seite der Welt lag, fühlte ich mich bei dem vertrauten Geräusch und dem speziellen Geruch der Abgase sogleich wieder in das siebenundvierzigste Stockwerk eines Hochhauses mitten in Manhattan versetzt, umgeben von Schüssen, explodierendem Glas und gebrochenen Versprechen.

Ich blickte hinab auf das Zermatt unter uns, auf die Sirenen und das Feuer am anderen Ende der Straße, wo die Schlacht um das Hotel Schöneweiß den Geräuschen nach immer noch im Gange war. Über allem erhoben sich die Berge fast ein wenig verloren in der Ferne, nur hier und da waren ein paar schwache Leuchtfeuer zu sehen, winzige Lichter auf den Gipfeln.

Als Gobi und ich aus dem Wagen stiegen, ging die Luke des Hubschraubers auf.

Auch die Frau, die daraus hervorkam, war mir sehr vertraut.

»Hey, Stormaire«, rief Paula quer über den Landeplatz.

Sie trug eine schwarze Skimütze und einen schwarzen Parka und grinste, als hätte sie gerade beim Big-Air-Wettkampf bei den Winter-X-Games gewonnen. Sogar aus dieser Entfernung konnte ich den Bluterguss sehen, den ihr Gobis Tritt in Venedig beschert hatte. »Na, in letzter Zeit ein paar gute Songs geschrieben?«

Diesmal war ihre Pistole direkt auf Gobi gerichtet.

33

»Cold Hard Bitch«

– Jet

Einen winzigen Moment lang rührte sich keiner von uns. Wir standen einfach nur da, unsere Hosen und Jacken flatterten wie Windsäcke im zugigen Wind hoch über den Lichtern von Zermatt.

Dann sah ich einen roten Punkt auf Gobis Stirn erscheinen und verfolgte ihn zu einem Mann in einem langen Mantel zurück, der fünfzehn Meter entfernt vom Hubschrauber aus mit einem Laserscope auf sie zielte. Er hatte eine Glatze und ein schmales, mandelförmiges Gesicht, das sich zu einem gepflegten, silbergrauen Ziegenbärtchen verjüngte. Mit dem Bärtchen sah er beinahe satanisch aus.

Ich brauchte einen Moment, bis ich ihn erkannt hatte, aber dann klingelte es. Bei unserer letzten Begegnung hatte er einen Priesterkragen getragen, war im Canal Grande aus einem Reisekoffer herausgeplatzt und hatte trotz der vielen Kugeln, die auf ihn abgefeuert worden waren, die Augen aufgemacht. Gobis Ziel, der Auftrag, den sie vermasselt hatte. Ich sah an ihrer leicht veränderten Haltung, dass sie ihn ebenfalls erkannt hatte.

Du hättest ihn schon in Venedig erledigen sollen, dachte ich.

Der Mann grinste uns beide amüsiert an, und im Schein der Innenbeleuchtung des Hubschraubers sah ich, wie sich seine Mundwinkel versteiften wie das unwillkürliche

Zucken einer Wunde im Zeitraffer. Ich richtete den Blick wieder auf den roten Punkt auf Gobis Stirn. Mit dem Gewehr und der Pistole waren mindestens zwei Waffen auf sie gerichtet, vielleicht auch mehr, falls Paula irgendwo noch einen anderen Scharfschützen postiert hatte. So, wie wir beide dort schutzlos auf dem Landeplatz standen, umgeben von Bergen und Dächern, kam einem diese Vorstellung kein bisschen paranoid vor.

Es hatte angefangen zu schneien. Weiße Flocken trudelten vom Himmel, kleine zuckerwattige Fäden und Spiralen wirbelten fast schwerelos durch die Lichtkegel der Landescheinwerfer. Im Licht der Laserzielvorrichtung sahen sie beinahe märchenhaft aus.

»Paula«, rief ich durch das Dröhnen des Hubschraubers. »Wo ist meine Familie?«

»In Sicherheit«, antwortete sie. »Noch.«

»Wo?«

»Ach weißt du, ich dachte mir, wir nehmen mal eine kleine Auszeit voneinander.« Ihr Blick wechselte kurz zu Gobi hinüber. »Lernen andere Leute kennen.« Sie zuckte bedauernd die Achseln. »Es liegt wirklich nicht an dir. Es ist meine Schuld.«

»Wie du meinst.«

»Hey.« Paula verzog das Gesicht zu einer lustigen Grimasse. »Aber es war doch sehr schön mit uns beiden.«

Ich sah Gobi an. Sie hatte den Kopf weggedreht, weshalb ich ihr Gesicht nicht sehen konnte, aber selbst wenn, hätte ich wahrscheinlich nicht daran ablesen können, was in ihr vorging. Sie hatte immer noch die Maschinenpistole aus Erichs Haus, aber ich wusste nicht, wie viel Munition noch drin war. Selbst wenn sie noch voll gewesen wäre, waren wir den anderen hoffnungslos unterlegen. Womöglich hätte sie einen der Schützen ausschalten können, aber nicht beide, und diese Kevlar-Weste konnte gegen einen Kopfschuss aus fünfzehn Metern Entfernung auch nichts ausrichten.

»Sobald wir hier mit Gobi weg sind«, rief Paula, »kriegst du einen Anruf. Deine Eltern und deine Schwester werden unversehrt freigelassen.«

»Und wenn ich dir nicht glaube?«

»Wer sagt, dass du eine Wahl hast?«

Damit lag sie nicht ganz falsch. Es schneite jetzt stärker, dicke Flocken verklebten meine Wimpern. Ich wischte sie weg und atmete so tief ein, dass mir die kalte Luft in den Lungen weh tat.

»Wer hat jetzt das Sagen, wo Armitage tot ist?«, fragte ich.

Ihr adrenalisiertes Grinsen blitzte wieder auf. Wieso war mir vorher nie aufgefallen, wie weiß ihre Zähne waren?

»Kommt drauf an«, sagte Paula, »wer am Schluss Gobi hat.«

»Was soll das heißen?«

Paula blickte anerkennend zu Gobi hinüber. »Sie ist eine menschliche Waffe, Stormaire. Der beste Söldner, den es gibt. Ein überaus seltenes Exemplar. Armitage hat ihr Können sträflich unterschätzt und mit seinem Leben dafür bezahlt. Ich werde diesen Fehler nicht machen.«

»Sie ist doch nicht programmierbar«, sagte ich. »Sie ist keine Maschine, die tut, was man ihr sagt.«

»Ich denke schon. Sobald sie erfährt, was ich ihr zu bieten habe.«

»Was soll das sein?«

»Jedenfalls deutlich mehr, als du ihr jemals bieten könntest.«

»Sie bringt niemanden für Geld um, Paula.«

»Du setzt dich für sie ein. Wie galant.«

Bisher hatte Gobi noch kein einziges Wort gesagt. Irgendwie erwartete ich ständig, dass sie sich plötzlich in Bewegung setzen, Kugeln ausweichen und das Feuer auf Paula und den Hubschrauber eröffnen würde. Auch Paula muss darauf gewartet haben. Ihr Grinsen verschwand, und ihr Blick wurde kalt, und als sie wieder zu reden anfing, war ihre Stimme lauter und schneidender, die Verkündung eines Ultimatums, mit der das Geplänkel beendet war.

»Gobija Zaksauskas«, sagte Paula.

Gobi rührte sich nicht.

»Es sieht folgendermaßen aus: Wenn du etwas anderes unternimmst, als deine Pistole auf den Boden zu legen und mit mir mitzukommen, wird Perrys ganze Familie auf die schlimmste Weise sterben, die du dir vorstellen kannst.« Paula hielt die Pistole nach wie vor auf Gobi gerichtet. »Ich sage es noch einmal. Entweder du kommst jetzt mit uns mit, oder ich töte Perry und seine Familie. Hast du irgendwas von diesem Szenario nicht verstanden?«

Niemand sagte etwas. Ich merkte, dass ich den Atem anhielt. Wir alle wussten, was auf dem Spiel stand. Falls diese Nacht noch ein Wunder für uns bereithielt, so betete ich darum, dass es jetzt geschah.

Gobi hob die Maschinenpistole, drehte sich um und sah mich an.

»*As atsiprasau*«, sagte sie. »Tut mir leid, Perry.«

»Warte«, rief ich. »Warte –«

Paula wirkte eine Spur nervöser hinter ihrer Pistole und

machte sich bereit. Ich sah, wie sich der glatzköpfige Scharfschütze im Hubschrauber hinter seinem Gewehr zusammenkauerte. Der rote Punkt auf Gobis Kopf blieb absolut ruhig zwischen ihren Augen, das Interpunktionszeichen, das letztendlich irgendwo auf uns alle wartet.

Aber schließlich legte Gobi ihre Waffe auf den Boden und ging auf den Helikopter zu. Ohne sich umzudrehen, stieg sie ein.

Der Hubschrauber hob ab und flog davon. Ich blieb alleine auf dem Dach stehen.

34

»I Will Buy You a New Life«

– Everclear

Eine halbe Stunde später war ich wieder mitten in Zermatt. Das Feuer im Hotel Schöneweiß war endlich gelöscht, aber die Hauptstraße roch immer noch wie der größte Aschenbecher aller Zeiten. Überall gingen angekokelte Nikoläuse durch die Straßen, die sich benommen die Augen rieben, und die angesengte ClauWau-Fahne baumelte traurig an einem der Gebäude herab. Die blauen Blinklichter von Polizei und Feuerwehr wurden von der geschwärzten Fassade des alten Schnapsladens zurückgeworfen, der bereits von Rettungsmannschaften abgeriegelt war. Unter einem Haufen Backsteinen lag ein umgekippter Schlitten halb begraben. Ein Rentier senkte den Kopf, um aus einer schwarzen Pfütze zu trinken, in der eine Nikolausmütze schwamm.

Wo ich auch hinsah, standen Schweizer Polizisten und Soldaten mit leistungsstarken LED-Taschenlampen, mit denen sie den Vorübergehenden in die Gesichter leuchteten. Augenzeugen wurden an der Hauswand gesammelt und um ihre Papiere gebeten.

Ich drehte um und stahl mich in die andere Richtung durch eine Gasse davon, verschwand in der Dunkelheit.

In sicherer Entfernung zog ich das Geldbündel, das mir Gobi gegeben hatte, aus der Tasche und zählte die Scheine mit leicht zitternden Händen. Es waren ein paar Hundert Euro, außerdem hatte ich noch den gefälschten Pass, den sie mir in Italien gegeben hatte, mit einem Foto aus dem Automaten am Bahnhof. Das Gesicht, das darauf zu sehen war, erkannte ich kaum als meines wieder. Ich hätte mit irgendeinem Zug wegfahren können, wenn ich nur den geringsten Schimmer gehabt hätte, wohin.

Andererseits konnte ich auch einfach aufgeben. Die weiße Fahne schwenken. Mich ergeben. Der Gedanke war noch nie so verlockend gewesen. Selbst wenn ich meine Familie zurückbekam, wie würde mein Leben in den USA wohl aussehen? Stand so etwas wie »normal und gewöhnlich« überhaupt noch zur Debatte? Hatte diese Option je bestanden?

Ein schwerfälliges, scharrendes Platschen ertönte am anderen Ende der Gasse. Ich hörte einen unterdrückten Fluch und eine Folge langsam näher kommender Schritte.

Auf halbem Weg knipste der Mann eine Taschenlampe an, und ich sah sein Gesicht.

Der Bart.

Das spöttische Grinsen.

Die Kamera.

Diese Kombination ließ keinen anderen Schluss zu – Swierczynski.

Er trug einen langen, abgewetzten Mantel, dessen Schöße hinter ihm praktisch über den Boden schleiften und dabei kleine Steinchen und anderen Straßendreck mitnahmen, was vermutlich seine Vorstellung von verdeckter Ermittlung entsprach. Offensichtlich hatte er mich noch nicht entdeckt.

Ich spürte Adrenalin in mir aufsteigen, und es war ein gutes Gefühl, auf etwas wütend zu sein, gegen das ich auf der Stelle etwas unternehmen konnte. Mir war völlig egal, was mit mir passierte; schon allein das verschaffte mir einen großen Vorteil.

Ich verbarg mich mit dem Rücken zur Wand in der Dunkelheit und wartete, hörte seine Stiefel näherschlurfen, wartete, bis er sich direkt vor mir befand. Mir fiel ein, wie er in Venedig versucht hatte, Gobis Flinte zu packen. Er war dabei nicht besonders schnell gewesen, und ohne das Überraschungsmoment auf seiner Seite hatte er überhaupt keinen Vorteil mehr.

Ich packte zu und wickelte mir das Umhängeband der Kamera mit einer schnellen Bewegung ums Handgelenk.

Er ging grunzend zu Boden, fiel auf den Rücken, und mein Knie landete auf seiner Brust.

»Immer noch hinter Gobi her?«, fauchte ich ihn an. Ich war so dicht über seinem Gesicht, dass ich die Essiggurken und den säuerlichen Wodka in seinem Atem roch. Egal, was Kaya diesem Kerl bezahlte, es war zu viel. »Vielleicht kann ich dir dabei helfen.«

»Wo ist sie?«

Ich stieg von seiner Brust. »Komm mit.«

»Wohin?«

»Hoch mit dir«, sagte ich. »Wir gehen Kaya besuchen.«

Er blinzelte mich verständnislos an.

»Und zwar sofort«, sagte ich. »Höchste Zeit, dass ich deinen Boss kennenlerne.«

Er schüttelte schnell und ablehnend den Kopf. »Das ist unmöglich.«

»Das ist sehr wohl möglich.« Ich schenkte ihm ein kaltes Lächeln, das nichts mit den üblichen Gründen zu tun hatte, aus denen Leute lächeln: Fröhlichkeit, Humor, Hoffnung. »Wenn ich auf meiner Europareise eins gelernt habe, dann dass der Mensch sehr viel flexibler ist, als im Allgemeinen angenommen wird.«

»Aber ich kann unmöglich –«

»Ich will mit Kaya sprechen. Du hast eine Kontaktnummer, eine E-Mail-Adresse … Sag ihm, dass ich mich sofort mit ihm treffen will, noch heute Nacht.«

»Ich kann nichts versprechen.« Er klang von Sekunde zu Sekunde slawischer. »Ist nicht meine Entscheidung.«

»Stell dir nur mal vor, wie angepisst Kaya ist, wenn er erfährt, dass er Gobi verloren hat«, sagte ich. »Sie hat für ihn gearbeitet, stimmt doch? Und du solltest auf sie aufpassen. Mit anderen Worten: Du hast deinen Auftrag gründlich vermasselt. Was glaubst du wohl, was er mit dir macht, wenn er rauskriegt, dass du sie in der Schweiz verloren hast?« Ich wartete, zählte im Stillen bis zehn, ehe ich, fast nebensächlich, hinzufügte: »Besonders dann, wenn ich ihm sage, wo er sie finden kann?«

Er verschränkte wieder die Arme und funkelte mich noch finsterer an, dann murmelte er etwas auf Russisch.

Zwanzig Minuten später saßen wir in einem Zug.

35

»This Is Not America«

– David Bowie

Am Bahnhof Lausanne wartete ein Wagen auf uns, ein metallicblauer Peugeot 306. Der Fahrer sagte kein Wort, als er mit uns aus dem Gewimmel hinaus in die Alpennacht fuhr. Durch getöntes Glas sah ich auf einem düsteren Weg mit jeder Menge Gefälle und Haarnadelkurven schneebedeckte Gipfel und Bergkuppen vorüberrauschen. Der Fahrer betätigte kaum die Bremsen und lenkte auch so gut wie nicht, als würde das Auto den Weg von alleine kennen. Auf dem Rücksitz neben mir brütete Swierczynski in übellaunigem osteuropäischen Schweigen, atmete deutlich hörbar durch seinen Bart und unternahm alles, was in seiner Macht stand, damit das teure Lederpolster wie ein ukrainischer Feinkostladen roch. Es wäre sicherlich angenehm gewesen, ein Fenster aufzumachen, aber draußen heulte der Wind inzwischen dermaßen stark, dass man den Eindruck hatte, es würde von Minute zu Minute kälter werden.

Ich starrte hinaus auf die dunklen Berge.

Ich dachte an meine Familie.

Ich dachte an Gobi.

Natürlich war mein Bluff, dass ich wüsste, wo sie war, nichts anderes als das: ein Bluff. Aber ich war schon aus schlimmeren Klemmen mit übleren Burschen als ihm wieder herausgekommen, und letztendlich konnte er sich nicht leisten, mich falsch einzuschätzen, auch wenn ich das meiste einfach nur geraten hatte.

Nach ungefähr einer Stunde kamen wir in ein kleines Schweizer Dorf mit engen Kopfsteinpflasterstraßen und Kirchtürmen links und rechts. Es war fast Mitternacht, und die ganze Ortschaft wirkte verschlafen oder evakuiert. Verglichen mit diesem Dorf kam einem Zermatt wie das pulsierende Manhattan vor. Der Peugeot hielt vor einer kleinen Eckkneipe an, in der nur ein paar Lichter brannten. Swierczynski stieg aus und gab mir zu verstehen, dass ich ihm folgen sollte.

Vor dem Eingang hielt ich ihn kurz zurück.

»Wenn das eine Falle ist«, sagte ich, »seht ihr sie nie wieder. Das ist dir doch klar?«

Er grunzte, als sei ihm das inzwischen völlig egal, hielt die Tür auf und schob mich in die Kneipe hinein.

Es war eine trostlose Bauernwirtschaft, eine zugige Bierschwemme der Alten Welt, mit ausgestopften Hirsch- und Gemsenköpfen an den Wänden, darunter eine unbenutzte Dartscheibe. An der Wand gegenüber standen lange Holztische vor einem prasselnden Kaminfeuer. Der Wirt blickte kurz auf, dann konzentrierte er sich wieder auf seine Zapfhähne und trocknete einen Bierkrug mit der Entschlossenheit eines Kneipenwirts ab, der wusste, wann er sich um seine eigenen Angelegenheiten zu kümmern hatte.

Ich schaute zum Kamin, wo ein Mann im Anzug mit einem Glas Wein saß. Wir sahen uns nur eine Sekunde lang an. Wenn man jemanden beschreibt, sagt man normalerweise, dass er in den Vierzigern war oder graue Haare oder eine spitze Nase hatte oder etwas dergleichen. Das Besondere an diesem Typen war, dass je länger ich ihn betrachtete, umso weniger hätte ich ein herausstechendes körperliches Merkmal benennen können. Er hätte ebenso gut neunundzwanzig wie sechsundvierzig sein können. Im Licht des Kaminfeuers sah sein Haar grau aus oder hellblond, vielleicht war es aber auch schwarz mit silbernen Strähnen drin. Das Einzige, was wirklich auffällig war, war die kalte Gleichgültigkeit in seinen Augen und eine Aura von Anonymität, die zutiefst unheimlich wirkte.

»Kaya«, sagte ich.

Er schnaubte verächtlich. Seine Lippen verformten sich wie fremdgesteuert zu einem unwirklichen Lächeln, dann zog er eine Visitenkarte aus der Tasche und reichte sie mir. Ich las:

William J. Nolan
Führung und Koordination
Central Intelligence Agency

»Kaya«, sagte ich und schaute wieder auf die Karte. »CIA. Sehr witzig.«

»Ob du's glaubst oder nicht«, sagte Nolan, »es fing mit einem sprachlichen Missverständnis, einem Aussprachefehler, an. Hartes *C*, dann *I* und *A.* Das Originalprogramm erkannte keine Akronyme. Letztendlich beließen wir es dabei. Eine Übereinkunft der Art: Was nicht kaputt ist, wird nicht repariert.«

Ich weiß selbst nicht, wieso ich so überrascht war. »Dann arbeitet Gobi also für die CIA?«

»Gobi«, sagte er. »Das ist niedlich. Wie nennt sie dich denn – Pokey?«

»Sie wissen genau, dass sie diesen Namen benutzt.«

»Stimmt«, sagte Nolan, »aber mir ist Zusane Elzbieta Zaksauskas lieber.« Er zog einen dicken Aktenordner hervor und klappte ihn auf dem Tisch auf, gleich neben dem Weinglas. Im zuckenden Kaminfeuer erblickte ich haufenweise Schwarzweißfotos, handschriftliche Berichte, offizielle Dokumente und fotokopierte Quittungen, fein säuberlich aneinandergeheftet. Auch von mir gab es ein paar Fotos, Aufnahmen von Überwachungskameras bei unserem nächtlichen Ausflug nach New York. Nolan blätterte kommentarlos weiter, bis er eine Seite mit persönlichen Daten vor sich hatte. »Geboren am 23. September 1988 in Karmelava, Litauen. Vierundzwanzig Jahre alt, mehrere Decknamen, Waffen- und Nahkampfausbildung, bla-bla-bla, momentaner Aufenthalt unbekannt.«

»Ich weiß, wo sie ist.«

»Aha.« Nolan hob kaum eine Augenbraue. »Ich will deine Begeisterung nicht dämpfen, mein Junge, aber du verstehst sicherlich, dass ich bei dieser Information nicht gleich aufspringe und anbiete, dir auf der Stelle einen zu blasen.«

Ich runzelte die Stirn. »Und … jetzt? Wenn Sie nicht glauben, dass ich Ihnen helfen kann, warum waren Sie damit einverstanden, sich mit mir zu treffen?«

»Die erste Regel beim Pokern, mein Junge: Sieh dich in der Runde nach dem Trottel um. Wenn du ihn nicht findest, bist du's selbst.«

»Das ist mir inzwischen klargeworden.«

»Genauer gesagt, du sitzt heute Abend nur deshalb hier, weil ich mich vergewissern wollte, dass du tatsächlich existierst. Weißt du, dass sie zu Hause in Langley Wetten auf dich laufen haben? Keiner der Analysten wollte glauben, dass es einen Typen gibt, der so ein absolut spektakuläres Pech bei Frauen hat.«

Er warf mir noch ein Überwachungsfoto über den Tisch und ließ mir ausreichend Zeit, es zu betrachten. Es war eine Aufnahme von mir und Paula, wie wir Hand in Hand vor dem Film-Forum in New York spazieren. Wir hatten uns *The Getaway* angeschaut, Sam Peckinpahs Original von 1972 mit Ali MacGraw und Steve McQueen. Das Bild war genau in dem Moment aufgenommen worden, als ich mich zu ihr beugte, um sie zu küssen, und die Kamera hatte einen Ausdruck ausgesprochen idiotischen Glücksgefühls in meinem Gesicht eingefangen. Ich nahm mir insgeheim vor, dass ich, sollte ich diese Geschichte hier überleben, nie mehr so glücklich sein wollte.

»Paula Daniels, vierundzwanzig Jahre«, sagte Nolan, »geboren als Paula Monash, amerikanische Staatsbürgerin, aufgewachsen in Dubai.« Paula war vierundzwanzig? Und Monash? Ich glotzte das Bild immer noch an und versuchte herauszufinden, wo ich diesen Namen schon mal gehört hatte, als Nolan auch schon weiterredete.

»Paulas Vater, Everett Monash, war ein amerikanischer Finanzier, der zusammen mit George Armitage in den VAE gearbeitet hat. Als sie achtzehn wurde, stieg sie ins Familiengeschäft ein.«

»Sie hat mir gesagt, ihr Dad sei Plattenproduzent.«

Nolan, der gerade einen Schluck Wein trank, hätte ihn fast aus der Nase wieder ausgeprustet. »Meine. Güte.« Er hustete und räusperte sich. »Wie kommt es, dass du immer noch am Leben bist?«

Ich schaute auf das Bild vom gestrigen Tatort – oder war das schon zwei Tage her? –, ich sah Armitages Leiche auf dem Platz in Venedig liegen, inmitten von Glassplittern und Weinpfützen. Sogar in Schwarzweiß sah es noch ziemlich ekelhaft aus, als wäre eine große Schüssel mit Lasagne auf ihm ausgekippt worden.

»Warum wollten Sie, dass Gobi ihn umbringt?«

»Wenn du wissen willst, weshalb wir Zaksauskas für den Auftrag ausgewählt haben, dann müsstest du es selbst doch am besten wissen. Das Mädchen ist zum Töten geboren. Falls du wissen willst, warum Armitage unser Ziel war …« Nolan strich sich nachdenklich über das Kinn und wählte seine Worte sorgfältig aus. »Drücken wir es so aus: Er und seine wechselhafte Vergangenheit passten nicht mehr zu einem gemeinsamen öffentlichen Auftritt mit unserer Regierung. Wir mussten uns dringend um ihn kümmern. Wir reden hier von einem Typen, der dabei geholfen hat, kurdischen Separatisten für ein Taschengeld Stinger-Raketen zu verkaufen, und der sich auf einmal für Richard Branson hält. Entschuldigung, aber das geht wirklich nicht. Einer unserer Analysten hat im August deinen Aufsatz für das College gelesen, den du online gestellt hast, und dein verrücktes kleines *crazy little European chick* erschien uns als perfekte Wahl für diese Säuberungsaktion.«

»Moment mal.« Mir wurde mit einem Mal richtig schlecht, mein Magen revoltierte heftig. »Sie haben Gobi … wegen mir dafür ausgesucht?«

»Es war ein toller Aufsatz, Junge. Sehr lebendige Darstellung. Man hatte beim Lesen den Eindruck, selbst dabei zu sein.« Er musste mein Gesicht gesehen haben, denn er schüttelte den Kopf. »He, deshalb musst du dir keine Vorwürfe machen. Du wusstest ja nichts davon. Sobald sie sich um Paula gekümmert hat, sind wir mit ihr fertig.«

»Sie wissen doch, dass die meine Familie haben?«

Nolan verstummte, seine Selbstgefälligkeit war dahin. »*Was?*«

»Paula. Sie hat meine Eltern und meine Schwester.«

»Seit wann?«

»Zumindest seit gestern. Paula hatte Fotos von ihnen auf ihrem iPad, sie halten sie irgendwo in einem Zimmer gefangen.«

»Bist du sicher, dass sie es getan hat?«

»Wenn nicht sie, dann jemand, mit dem sie zusammenarbeitet.«

»Hast du Beweise dafür?«

»Wie schon gesagt, ich habe das Foto gesehen«, antwortete ich. »Es gibt auch eine Video-Datei, in der meine Mom und mein Dad über sie reden.«

»Hast du diese Datei?«

»Nein. Die war auf ihrem iPad.«

»Und wo ist das iPad?«

»Das ist in Zermatt in die Luft geflogen.«

Nolan grunzte. »So was scheint öfter zu passieren, wenn Zusane Zaksauskas in der Nähe ist.«

»Wir reden von meiner Familie«, sagte ich. »Meinen Eltern. Und meiner Schwester. Warum sollte ich mir so was ausdenken?«

Er ging nicht auf meine Frage ein. »Und du hast keine Ahnung, wo sie sein könnten?«

»Irgendwo in Westeuropa. Sie sind in einem völlig leeren Raum ohne Fenster. Sonst weiß ich nichts.«

»Tja«, sagte Nolan und sah nicht sehr glücklich aus. »Wir kümmern uns darum.« Er musste selbst gemerkt haben, wie lahm sich das anhörte, denn er richtete sich auf und versuchte, die Aussage noch einmal überzeugender zu formulieren. »Wir setzen es ganz oben auf die Liste. Bis dahin behalten wir unsere Spionin scharf im Auge, also ist alles stabil, zumindest vorübergehend. Sobald sie sich um Paula gekümmert hat, kommt sie zurück.«

»Die Spionin?« Ich brauchte einen Moment, um herauszufinden, worüber er da eigentlich redete. »Sprechen Sie von Gobi?«

»Von wem sonst?«

»Sie reden von ihr, als handelte es sich um so etwas wie einen Maulwurf, der eine Gehirnwäsche verpasst bekommen hat.«

Nolan schnaubte. »Mein Junge, du hast zu viele Agentenfilme gesehen.«

»Woher wollen Sie wissen, dass sie zurückkommt?«

»Geld ist nicht der einzige Grund, aus dem Leute etwas tun.« Nolan zuckte die Achseln. »Unsere Ärzte geben ihr noch acht oder zwölf Monate, höchstens.«

Ich starrte ihn an. Einen Augenblick war die Kneipe rings um uns so still, dass ich das Feuer im Kamin knistern und fauchen hörte.

»Was?«

Nolans Augenbrauen zuckten. Zum zweiten Mal sah er so aus, als interessierte ihn unsere Unterhaltung.

»Hast du das nicht gewusst?«

Dann zeigte er mir den letzten Abschnitt in seinem Aktenordner.

36

»Bullet with Butterfly Wings«
– The Smashing Pumpkins

Ich hatte noch nie zuvor eine Kernspin-Aufnahme gesehen, aber ich wusste, wie ein menschliches Gehirn aussieht. Nolan zeigte auf einen weißen Punkt weiter vorne auf dem Bild, direkt oberhalb der Augäpfel.

»*Glioblastoma multiforme*«, sagte er, »drittes Stadium. In den Schläfenlappen, heißt es. Und wahnsinnig aggressiv, soweit ich das verstanden habe.«

Während ich mir diesen kleinen Punkt betrachtete, der kaum größer als ein Schweizer Franken war, fiel mir plötzlich wieder ein, was Swierczynski in Venedig gesagt hatte:

Die Kugel ist schon in deinem Kopf.

»Allem Anschein nach hat sie früher schon mal Krebs gehabt«, sagte Nolan, »als Kind, in der Schilddrüse. Die Chirurgen in Litauen haben versucht, ihn zu entfernen, wahrscheinlich mittels Thyreoidektomie, aber irgendwie haben sie die Sache verpfuscht.« Erneutes Achselzucken. Der Kerl entpuppte sich allmählich als Schwergewichtsweltmeister im Achselzucken. »Osteuropäische Medizin … was will man dazu sagen?«

Ich dachte an die Narbe an ihrem Hals, die Narbe, die Erich mir gegenüber in Zermatt erwähnt hatte. Ich wollte etwas sagen, irgendwas, aber mein Mund schien vollkommen ausgetrocknet zu sein.

»Aber dieser Bursche hier!« Nolan tippte auf den weißen

Fleck auf der Kernspinaufnahme. »Das dürfte noch ein paar Nummern komplizierter werden. Ich habe mir sagen lassen, dass es auf der Welt vielleicht fünf oder sechs Neurochirurgen gibt, die das Ding ohne permanente Hirnschädigung herausnehmen können, und sogar dann …«

»Und Sie haben ihr die Operation versprochen, wenn sie sich für Sie um Armitage kümmert.«

»Ich habe ihr gesagt, was ich ihr sagen musste.«

»Und jetzt?«

»Das ist das Schöne an der Sache.« Nolan grinste und nahm noch einen Schluck Wein aus dem fast leeren Glas. »Jetzt ist sie nicht mehr unser Problem. Siehst du, wie sich alle Probleme irgendwie von selbst lösen? Deshalb ist Amerika das großartigste Land der Welt.«

Ehe ich wusste, was ich tat, packte ich den Tisch und kippte ihn um, schleuderte ihn von mir, dass es nur so splitterte und krachte. Papiere, Fotos, Flasche und Glas fielen auf den Boden. Nolan sprang auf, und als er mich wieder ansah, sah er aus wie ein Mann, der gerade erfahren hat, dass der Hund, den er geärgert hatte, doch nicht nur bellen, sondern ihn tatsächlich anspringen und beißen konnte.

»Du musst nicht gleich durchdrehen, Junge. Wir kriegen schon raus, was mit deiner Familie ist, das hab ich dir doch schon gesagt. In vierundzwanzig Stunden oder weniger bekommen wir einen Anruf, dann befreien wir sie und lächeln in die Kameras von CNN.« Er richtete seinen großen Zeigefinger auf mich. »Du solltest dir jetzt genau überlegen, wer deine Freunde sind.«

»Sie sind ihr was schuldig.«

»Scheiße.«

»Sie haben es versprochen.«

Nolan musterte mich einen Moment. Die Anspannung in seinem Gesicht ließ ein wenig nach, und als er wieder etwas sagte, klang seine Stimme anders, beinahe ernst – auf einmal war er ein Mann, der wirklich an das, was er sagte, glaubte, und der verstanden werden wollte.

»Eins sollten wir klarstellen, Perry. Ich habe dir bereits gesagt, dass Zusane Zaksauskas zum Raubtier geboren ist. Sie ist eine schmutzige Bombe mit eingebautem Zeitzünder. So ist sie nun mal – und sie ist auch nicht mehr als das. Würde sie das hier nicht für uns tun, dann würde sie es für andere Leute tun.« Er blinzelte, triefäugig und verständnisvoll, als gäbe es immer noch eine Möglichkeit, dass wir alle in Freundschaft auseinandergehen könnten. »Ich habe selber auch Kinder. Zwei wunderbare Mädchen. Sie wohnen bei ihrer Mutter zu Hause in Virginia. Ganz erstaunliche junge Frauen. Sie spielen Geige und reiten Dressur. Eines Tages sind sie erwachsen, gehen aufs College und bekommen selbst Kinder und führen ein langes, glückliches Leben.« Sein Gesichtsausdruck sackte in sich zusammen. »Aber so jemand?« Sein Blick fiel auf die Gobi-Akte zu seinen Füßen. »Ich möchte nicht gefühllos klingen, aber abgesehen von einer Kugel in den Kopf ist Krebs das Allerbeste für sie.«

Ich starrte ihn an. »Sie sind echt ein Arschloch, wissen Sie das?«

Meine Stimme musste etwas Bedrohliches gehabt haben, denn ich sah jetzt einen zweiten Mann in der Ecke stehen, der mir bis jetzt noch nicht aufgefallen war. Ohne den Blick von mir zu nehmen, gab Nolan dem anderen Agenten zu verstehen, dass er sich hinsetzen solle.

»Schon gut, Jeff«, sagte er. »Der Junge ist nur ein wenig durcheinander. Das sind die Teenager-Jahre.«

»Ich bin nicht durcheinander«, erwiderte ich, und während ich die Worte laut aussprach, erkannte ich, dass sie der Wahrheit entsprachen. Mir war endlich eingefallen, wo ich den Namen Monash schon einmal gehört hatte, und auf einmal war ich ruhiger als in all den Tagen davor. Hätte ich die Finger an meine Halsschlagader gelegt, hätte ich einen ruhigen, gleichmäßigen Herzschlag von sechzig Schlägen pro Minute festgestellt, vielleicht sogar langsamer. »Zeigen Sie mir diese Bilder noch mal.«

»Welche?«, brummte er widerwillig.

»Die von Paula. Als sie klein war.«

Mit einem weiteren, fast unmerklichen Schulterzucken ging Nolan in die Hocke und hob die Dokumente auf, die ich beim Umkippen des Tischs auf dem Boden verstreut hatte. Nachdem er die Fotos gefunden hatte, gab er sie mir, damit ich sie durchblättern konnte. Auf diesem Bild stand sie im Dubai Hilton mit ihrem Kindermädchen; hier ging sie in Paris mit einer hübschen blonden Frau, die ich aus den eingerahmten Fotos in Paulas Wohnung als ihre Mutter wiedererkannte, unter den Kastanien auf den Champs-Élysées spazieren. Beim nächsten Bild stutzte ich.

»War das ihr Vater?«

»Everett Monash, ja. Der, den Gobi vor dem Bahnhof erwischt hat, vor Armitage.«

Ich betrachtete mir den Schnappschuss genauer. Paula, damals vielleicht sechs oder sieben, saß auf dem Markusplatz auf seinen Schultern, vor dem Dom, vor dem wir erst vor zwei Tagen gestanden hatten. Ich betrachtete mir Paulas junges, glattes Gesicht, dann das von Everett – ein großer, ein wenig satanisch aussehender Glatzkopf mit einem getrimmten Ziegenbärtchen, das nicht viel anders aussah als das, was ich am frühen Abend gesehen hatte, als der Mann im Hubschrauber gesessen hatte. Er war der Mann, der mit dem Gewehr auf Gobi gezielt hatte. Der Mann, den ich zum ersten Mal gesehen hatte, als er im Canal Grande aus einem Reisekoffer herauskam.

Ich zeigte auf sein Gesicht. »Der war Gobis erstes Ziel in Venedig?«

»Genau. Monash. Er und Paula gehörten zu Armitages Organisation.«

»Sie wissen aber, dass er noch lebt?«

Nolans Augen weiteten sich nur einen Millimeter. »Blödsinn.«

»Stimmt aber. Er und Paula haben Gobi jetzt in ihrer Gewalt. Wahrscheinlich glauben sie, dass sie sie umdrehen können.« Ich sah ihn an. »An Ihrer Stelle würde ich jetzt hoffen, dass Gobi Ihnen die Lüge mit der Operation abgenommen hat, Agent Nolan – sonst sehen Sie sie wahrscheinlich nie wieder.«

»Du lügst. Wir verfügen über unabhängige Informationen, dass Gobi ihn erschossen und seine Leiche in den Kanal geworfen hat.«

»Schon«, erwiderte ich. »Aber was glauben Sie wohl, wer bei ihm im Kanal war, als er die Augen wieder aufgemacht hat?«

»Ein kleiner Ratschlag, mein Junge. Verarsche keinen, der dich verarscht.« Nolan packte seine Unterlagen zusammen, nahm seinen Mantel und streifte ihn über. Auf einmal war er wieder ganz geschäftlich. »Ich verrate dir, wie der Hase läuft. Du lässt dich jetzt von Jeff zur Botschaft fahren und bleibst dort wie ein guter Junge sitzen und lässt uns unsere Aufgabe erledigen, und keiner verliert mehr ein Wort über Zusane Zaksauskas. Kapiert?«

»Klar«, antwortete ich. »Aber ein Problem haben wir noch.«

»Welches denn?« Seine Stimme hörte sich jetzt einfach nur müde an.

»Ich glaube Ihnen nicht, dass Sie meine Familie retten wollen. Ich glaube, Sie wissen nicht mal halb so viel, wie Sie zu wissen glauben.« Ich richtete den Zeigefinger auf ihn. »Und ich glaube auch nicht, dass die CIA mehr für mich tut, als für ihre eigenen Zwecke gut ist: Ich soll hier verschwinden, und das war's.« Ich drehte mich zu dem anderen Typen um, der aufgestanden war, als ich Nolan ein Arschloch genannt hatte. »Und das heißt, ganz egal, was Sie sich für Gobi ausgedacht haben, ich werde in zwölf Stunden die ganze Sache an die Öffentlichkeit bringen und Sie so gnadenlos wie möglich bloßstellen.«

Nolan wurde erst rot, dann lila. Er ballte die Fäuste, was verkrampft und rosa und irgendwie anal aussah. Es war nicht ganz so befriedigend, als hätte ich ihn dabei beobachtet, wie er sich von einem Nierenstein trennt, aber es war nicht sehr weit davon entfernt.

»Du elender kleiner Klugscheißer, wie kannst du es wagen –« Er bremste sich mitten im Satz, und seine Miene wurde mit einem Mal stocknüchtern, als wäre jedes Gefühl daraus gewichen. »Glaub mir, Perry, du tust dir keinen Gefallen damit, dich in unsere Angelegenheiten einzumischen. Damit machst du dir dein Leben zur Hölle.«

»Zu spät«, erwiderte ich.

In meiner Tasche fing etwas an zu vibrieren.

37

»Don't Let Me Explode«

– The Hold Steady

Nolan hatte sich bereits umgedreht und ging davon. »Kommst du mit?«, fragte er und hielt mir die Tür auf.

Ich schob die Hand in die Tasche des dicken Winterparkas, den Gobi mir in Erichs Haus zugeworfen hatte, und spürte etwas Kleines, Rechteckiges darin vibrieren. Ich holte das Handy, von dessen Existenz ich bis dahin keine Ahnung gehabt hatte, heraus, klappte es auf und starrte auf die aus zwei Worten bestehende SMS auf dem Display:

herrenklo jetzt

Ich ließ das Handy wieder in die Tasche fallen. »Ich muss vorher noch mal schnell auf die Toilette.«

Nolan warf mir einen misstrauischen Blick zu. »Da draußen ist es kalt und dunkel, mein Junge. Mach bloß keine Mätzchen.«

»Keine Sorge.« Unterwegs kam ich an Swierczynski vorbei, der mit einem fetten Becher Kaffee an der Bar stand, und ging auf die schwere Holztür mit der Aufschrift HERREN zu. Aus dem Hintergrund hörte ich Nolans Stimme, die mich noch einmal ermahnte, keine Dummheiten zu machen.

Ich drückte die Tür auf. Im Männerklo war es eiskalt, und ich sah auch sofort, wieso. Das Fenster war sperrangelweit offen, und Gobi stand mit einem dicken Holzkeil in der Hand direkt vor mir. Einen Augenblick konnte ich sie nur erschrocken anstarren.

»Du kommst spät.«

»Gobi! Wie –«

Sie schob sich an mir vorbei und klemmte den Keil so zwischen Tür und Bodenfliesen, dass die Tür von innen blockiert war.

»Steig durch das Fenster.«

»Was ist mit den –«

»Nicht reden.« Schon schob sie mich durch das offene Fenster, hinaus in die Dunkelheit, wo ich direkt auf einen Haufen zusammengedrückter Pappen und einige Mülltüten fiel. Eine Katze kreischte auf und flitzte davon. Gobi, die nach mir hindurchgekrochen und sich auf den Boden fallen gelassen hatte, nahm meine Hand und zog mich wieder hoch. Als wir um die Ecke zur Vorderseite des Restaurants rannten, hörte ich von drinnen laute Stimmen. Es waren Nolan und der Wirt und der gute alte Swierczynski, die brüllten, husteten und gegen die Tür hämmerten. Eine Eismaschine blockierte den Eingang, und aus dem schmalen Spalt quoll dichter Rauch, aber die Tür ließ sich keinen Millimeter weiter öffnen.

Ich schaute zum Dach hinauf.

»Hast du was auf den Schornstein gelegt?«

»Pass auf.« Sie zeigte auf den bewusstlosen Körper des Fahrers, der neben dem Peugeot auf dem Boden lag, dann machte sie die Fahrertür auf. »Du kannst Schaltwagen fahren, oder?«

Ich stieg ein und ließ den Wagen an.

38

»Needle Hits E«

– Sugar

»Wir müssen reden«, sagte ich.

Sie zeigte auf die Kreuzung vor uns, wo ein rechteckiges gelbes Schild MULHOUSE, FR – 50 KM verkündete.

»Wie bist du Paula entkommen?«

»Das ist nicht weit von hier. Die Straßen sind frei.« Sie schaute auf ihre Uhr.

»Wie hast du mich gefunden?« Ich schaute auf das Handy, das sie in meine Tasche gesteckt hatte. »Hat dieses Ding ein GPS-Ortungssystem oder was?«

Sie schloss die Augen und lehnte sich zurück, als hätte sie mich nicht gehört.

»Willst du mir nicht antworten?«

Sie rührte sich nicht. Die Reifen des Peugeot schmiegten sich an den Asphalt, sein kräftiger Motor machte außer dem leisen und gleichmäßigen Surren präziser Ingenieurskunst kein Geräusch. Meine Hände umschlossen das Lenkrad, und ich schaute nach, ob wir beide uns auch angeschnallt hatten. Als ich um die nächste Kurve kam, hielt ich am Straßenrand an und trat so energisch auf die Bremse, dass sie wieder gerade saß und mich wütend anstarrte. Ihr Gesicht war straff und angespannt, und mit diesem Blick hätte sie Roheisen zum Schmelzen bringen können.

»Das Arschloch dort in dem Restaurant hat mir alles erzählt«, sagte ich. »Ich weiß jetzt von …« Aber so aufgebracht ich auch war, ich brachte es einfach nicht fertig, die Worte *deinem Gehirntumor* auszusprechen. »Ich weiß, was mit dir los ist.«

Gobi starrte mich immer noch finster an. Ihr Schweigen war wie ein Abgrund, so wie kein anderes Schweigen auf der ganzen Welt. Es schien nach innen zu kollabieren, alle anderen Geräusche einzusaugen, wie das akustische Gegenstück zu einem Schwarzen Loch. Wir saßen ein paar Sekunden einfach nur da und sahen uns an wie die beiden letzten Menschen in der Schweiz.

»Halb so schlimm«, murmelte sie.

»Quatsch.«

»Ist Epilepsie.«

»*Quatsch!*«

»Wer erzählt dir so was? Kaya?« Sie warf einen kurzen Blick nach hinten, dorthin, wo wir herkamen. »Sie lügen.«

»Gobi, ich habe Aufnahmen von deinem Gehirn gesehen.«

»Klar. Und medizinische Aufnahmen kann man natürlich nicht verändern. Bilder manipulieren. Andere Namen einfügen.«

»Wenn sie lügen … Warum arbeitest du dann für sie?«

Sie blickte aus dem Fenster, und ich spürte, wie mein Herz schneller raste, wie ein kleines Fässchen, dessen Inhalt in ein tiefes Loch in meiner Brust gluckerte. Erst jetzt wurde mir klar, wie sehr ich auf eine andere Erklärung, auf irgendeine Erklärung gehofft hatte, etwas anderes als das, was Nolan zur Wahrheit erklärt hatte. Zum einen deshalb, weil ich bereits beschlossen hatte, dass Gobi die Einzige war, die meine Familie retten konnte, aber auch einfach nur weil Gobi Gobi war. Sie war vierundzwanzig Jahre alt. Sie gehört in die Welt – und wenn nicht in meine Welt, dann wenigstens in eine Variante davon, irgendwo.

»Ich weiß, dass dieser Nolan dir die Operation versprochen hat, wenn du dich um Armitage und Monash und Paula kümmerst. Er hat mir alles gesagt.«

»Ist nicht deine Sorge.«

»Ach so. Na gut, dann lass ich's eben bleiben. Dann stell ich meinen Sorger einfach ab.« Ich wollte ihre Hand nehmen, aber sie zuckte weg, als hätte ich ihr einen elektrischen Schlag verpasst. »Wenn du mich so wenig ausstehen kannst, warum bist du dann verflucht noch mal zurückgekommen, um mich zu holen?«

»Weil du keine fünf Minuten allein überlebt hättest.«

Jetzt wurde ich aber sauer. »Ach ja, prima, dann können wir uns ja in einem Jahr wieder treffen, mal sehen, wem von uns beiden es besser geht.«

Sie versteifte sich, holte hörbar Luft, atmete zittrig aus und sah mich dann an. Der Schatten über ihrem Gesicht ließ ihre Züge kaum erkennen, aber ihre Augen glühten förmlich im spärlichen Licht des Armaturenbretts.

»Es tut mir leid, ehrlich«, sagte ich. »Das war ein bisschen brutal. Ich wollte nicht, dass es so herauskommt.«

»Du bist Doktor Perry, ja? Hast du Medizin studiert?«

»Nein.«

»Aber du bist ein Genie, ja? Der superschlaue amerikanische Junge, der alles sieht, der immer weiß, was für alle anderen gut ist, ja?«

»Gobi –«

»Wenn du dir um jemanden Sorgen machen willst, sorg dich um dich selbst. Um den Jungen, der sich in ein reiches

Mädchen verliebt, das mit seinem Vater schläft, um das zu erreichen, was sie erreichen will.«

»Hör bloß damit auf.«

Sie stieß einen Fluch auf Litauisch aus, der keiner Übersetzung bedurfte. »Fahr weiter.«

Ich nahm die Hände vom Steuer. »Auf keinen Fall.«

»Was?«

»Ich versuche dir zu helfen«, fuhr ich sie an. »Kapierst du das nicht? Ich bin der Einzige, dem du wirklich vertrauen kannst.«

Einen Moment lang wusste ich nicht, ob sie mir eine reinhauen oder mich einfach nur aus dem Auto stoßen würde. Ihr Kinn begann zu zittern, ihre Gesichtszüge entgleisten, und sie fing plötzlich an zu lachen.

Ich sah sie verständnislos an. »Was ist denn jetzt?«

»Ich habe ganz vergessen, wie lustig du bist, wenn du sauer wirst.« Sie legte die Stirn in Falten, senkte die Stimme und äffte mich nach. »*Ich versuche dir zu helfen, kapierst du das nicht? Ich bin der Einzige, dem du wirklich vertrauen kannst.*«

»Also, zunächst mal rede ich überhaupt nicht so –«

»*Dann stell ich meinen Sorger einfach ab.*«

»Das ist nicht witzig.«

»*Geh da nicht hin.*«

»Du bist verrückt.«

»*Du bist verrückt.*«

Ich schaute wütend in ihr unverschämtes Grinsen, dann verstellte ich selbst meine Stimme und sagte mit einem leicht holprigen Akzent: »*Ist nicht deine Sorge.*«

Sie legte den Kopf ein wenig schräg. »Soll ich das sein?«

»*Ich bin Gobi*«, quatschte ich weiter. »*Ich bin die Feuergöttin. Ich bringe alles und jeden um.*«

Sie stieß mich an. »Hör auf, Blödmann. So rede ich nicht.«

»*Genug jetzt mit deinem Perry-Stormaire-Schwaachsinn.*«

»Dein Aufsatz ist total falsch«, sagte sie. »Alle Sätze, in denen ich rede, sind total falsch.«

»Hast du ihn etwa gelesen?«

Gobi nickte. »Natürlich. Im Internet.«

»Wie findest du ihn, abgesehen von den Dialogen?«

»Er war … ganz in Ordnung.« Sie schob sich eine Haarsträhne hinters Ohr. »An einigen Stellen jedenfalls.«

»Ach ja? Und welche Stellen meinst du?«

»Zum Beispiel … als wir uns in diesem Café in Brooklyn geküsst haben. Und als wir zusammen in dem Hotel am Central Park getanzt haben. Diese Stellen haben mir gefallen.«

»Du meinst, bevor du mich mit dem Messer bedroht hast?«

»Es hat dir gefallen.«

»Ach? Es hat mir gefallen?«

»Ja. Ich glaube schon – ja.«

Ich streckte wieder die Hand nach ihr aus, legte die Finger an ihre Schläfe, und diesmal erlaubte sie es mir. Ich spürte das Blut in ihren Adern pulsieren und versuchte, nicht daran zu denken, was da noch in ihr vorging, was da in ihrem Kopf heranwuchs, aber als ihre Augen sich zu mir drehten, wusste ich, dass sie meine Gedanken bereits kannte.

»Wie schlimm ist es?«, fragte ich.

Sie zögerte. Als sie dann doch antwortete, sagte sie mit leiser, sanfter, fast flüsternder Stimme: »Zuerst war es gar nicht so schlimm. Auch als ich mit Erich anfing zu trainieren, so vor drei Jahren. Am Abend hatte ich mal Kopfschmerzen, ja, und manchmal …« Sie machte den Mund auf und tat so, als würde sie sich übergeben. »Am Morgen, weißt du? Später kam das Zittern, die …«

»Die Anfälle.«

»Ja.« Sie bewegte den Kopf auf und ab, fast zu langsam für ein Nicken. »Als ich zu eurer Familie nach Amerika kam. Neurologen, die ersten, sie sagten ja, es ist Schläfenlappenepilepsie. Sie gaben mir Medizin. Aber ich glaube, sie wussten es damals schon. Wegen dem davor.«

»Dein anderer Krebs.«

Sie nickte, fuhr sich unbewusst mit dem Finger über die dünne weiße Narbe am Hals und hob die Hand dann zum Kopf. »Aber das hier ist schlimmer.«

»Seit wann weißt du es mit Sicherheit?«

»Das mit dem Tumor?« Sie überlegte. »Nach dieser Nacht in New York. Der Mann dort, Nolan. Er hat mich auf dem Flughafen in Amsterdam angesprochen. Hat mir gesagt, was sie wollen. Sie haben Blutproben genommen und MRT gemacht, und sie haben gesagt, ich könnte die Operation haben, wenn ich …«

»Wenn du machst, was sie wollen.«

Sie nickte.

»Und du hast ihnen geglaubt.«

Sie sah mich an. »Habe ich eine andere Wahl?«

Die Frage stand zwischen uns, ein Rätsel ohne Antwort, so simpel, dass man darüber wahnsinnig werden konnte. Wir saßen eine gefühlte Ewigkeit dort in der Dunkelheit. Ich starrte auf die Straße vor uns. Alles war absolut still. Als ich mich wieder zu ihr drehte, merkte ich, dass sie mich die ganze Zeit angesehen hatte.

»Wie bist du überhaupt aus diesem Hubschrauber rausgekommen?«

»Gesprungen.«

»Du bist rausgesprungen?«

»Ja.«

»Aus einem Hubschrauber.«

Jetzt hörte sie sich ein wenig ungeduldig an: »Ich bin diejenige mit dem Hirnschaden, Perry. Bist du ein Idiot?«

»Wie denn? Mit einem Fallschirm?«

Ein Seufzen. »Nachdem wir abgehoben haben, bin ich auf die Pistole los. War nicht schwer in geschlossenem Raum.« Sie zuckte die Achseln. »Der Pilot bekam eine Kugel in den Kopf. Paula und ihr Vater und ich … alle griffen nach Fallschirmen. Sie sind entkommen, bevor ich sie umbringen konnte.«

»Oder sie dich.«

Sie lächelte schief. »Sie dachte immer noch, dass ich für sie als Attentäter arbeite, wenn sie mir einen Chirurgen besorgen und sich darum kümmern.« Sie führte die Hand an den Kopf. »Aber ich bleibe bei Kayas Angebot.«

»Kaya darfst du auch nicht vertrauen.«

»Perry, du musst mir etwas versprechen.«

»Was denn?«

»Wegen dem … in meinem Kopf, bin ich manchmal … nicht mehr da. Ich werde verwirrt. Ich weiß es. Erich hat es mir erzählt, als wir beide in Zermatt waren –«

»Schon gut.«

»Wenn es wieder passiert und ich … ich dich in Gefahr bringe, musst du mir versprechen, dass du es sauber zu Ende bringst.«

»Was?«, sagte ich. »Du meinst, ich soll mich von dir trennen?«

»Hör auf.« Sie stieß mich in die Seite. »Ich meine es ernst.«

»Autsch! Verdammt!«

»Deine Familie ist sehr nett zu mir gewesen, als ich in Amerika war, Perry. Sie haben mich aufgenommen, haben mich bei euch wohnen lassen, damit ich das zu Ende bringen konnte, was ich tun musste.« Sie richtete den Blick langsam auf mich, und ich erkannte, dass sie sich bereits entschieden hatte. »Willst du sie zurückhaben?«

»Meine Familie? Das weißt du doch.«

»Wir können nicht zur Polizei gehen.« Sie schlug den Mantel auf, und ich sah die Pistole, die sie Paula im Hubschrauber weggenommen hatte, eine 9-Millimeter-Glock Automatik. »Noch nicht.«

»Nein«, sagte ich.

»Wozu bist du bereit?«

»Zu allem, was nötig ist.«

»Weißt du noch, wie es mit uns in dieser Nacht in New York war?«

Ich nickte.

»Und du bist bereit, wieder in den Krieg zu ziehen?«

»Wenn es sein muss.«

Gobi holte das Blatt Papier heraus, faltete es auf und sagte mir, was sie sich ausgedacht hatte. Als sie damit fertig war, kehrte die Stille zurück, breitete sich im Auto aus, und diesmal fühlte sich das Schweigen zwischen uns richtig und angenehm an, und ich wusste, dass ich bei ihr bleiben würde. Ich atmete tief ein und wieder aus, drückte den Fuß wieder aufs Gaspedal und folgte der Straße durch den Wald der Nacht.

39

»I Am the Highway«

– Audioslave

»Bist du fertig?«

Es war kurz nach Tagesanbruch. Wir standen irgendwo in Frankreich an einer BP-Tankstelle, hatten den Peugeot aufgetankt und saßen mit zwei Bechern dampfenden Kaffee, die Gobi kurz davor mit einem Laib Brot mitgebracht hatte, im Auto. Auf der anderen Straßenseite glotzten uns zwei Kühe mit hemmungsloser Dummheit an. Wenn amerikanische Kühe gelangweilt aussahen, dann hatten die französischen Kühe dieses Verhalten zu einer Kunstform erhoben.

Ich ließ den Motor an und fuhr aus der Tankstelle, während Gobi ein Stück Brot abriss, es mit Käse beschmierte und mir reichte. Ich hatte keinen Hunger, aber nachdem ich die Nacht durchgefahren war, fing ich allmählich an zu zittern. Rings um uns erstreckte sich die Landschaft in nassen braunen Feldern, wie die Gemälde von Cézanne, die ich mal in einem Bildband von meiner Mutter gesehen hatte. Abgesehen von der einen oder anderen Satellitenschüssel schien sich hier in den letzten hundert Jahren nicht viel verändert zu haben.

Mein Telefon summte. Das Handy, das mir Gobi zugesteckt hatte.

»Wer kennt diese Nummer noch?«

»Niemand.«

Ich ging ran. »Hallo?«

»Hallo, mein Junge.«

Diese Stimme hörte sich an, als schaufelte jemand Rollsplit in mein Ohr. »Agent Nolan«, sagte ich und spürte, wie Gobi neben mir reagierte, als ich einen Blick auf die leere Straße hinter uns warf.

»Hör zu, wegen gestern Abend, darüber müssen wir nicht mehr reden, einverstanden?« Nolan hustete in den Hörer. »Ich möchte nicht, dass du denkst, ich wäre sauer deswegen oder so.«

»Das ist doch alles ein großer Haufen –«

»Du musst zugeben, dass es schon ein bisschen dumm war, stimmt's?« Diesmal hörte sich das Husten eher wie ein amüsiertes Kichern an, und man konnte sich leicht vorstellen, wie er in einem sicheren Haus irgendwo in der Schweiz saß, seinen Nescafé umrührte und seine E-Mails checkte. »Du hast nicht viele Freunde in Europa.«

»Einen schon.«

»Ich wollte dir nur sagen, dass wir uns nach deiner Familie erkundigt haben. Bis jetzt leider noch nichts.«

»Danke, und viel Glück bei der Ortung von diesem Handy. Ich werfe es jetzt weg.«

»Ich habe nichts anderes erwartet.«

»Auf Wiedersehen, Nolan.«

»Mach's gut, Perry.«

Nachdem er aufgelegt hatte, sah mich Gobi an. »Was hat er gesagt?«

»Er meinte, ich habe nicht viele Freunde in Europa.«

»Stimmt das?«

Mein Blick fiel auf das Schild vor uns. PARIS – 262 KM. »Mal sehen.«

40

»The Metro«

– Berlin

Am frühen Nachmittag hatten wir die Pariser Vorstädte erreicht und den Peugeot in Joinville-le-Pont auf einem Pendlerparkplatz stehen lassen. Ich kaufte zwei 24-Stunden-Bahntickets, während Gobi das Auto säuberlich blank wischte, damit an Steuerrad und Türgriffen keine Fingerabdrücke zurückblieben. Als der RER einfuhr, stiegen wir ein und suchten uns zwei Plätze ganz hinten aus.

Gobi lehnte den Kopf an meine Schulter und döste. Leute stiegen ein und aus, ohne auf uns zu achten. Draußen regnete es, große fette metallfarbene Tropfen liefen über die Scheibe, während wir an Industriegebieten, Warenhäusern und Fabriken im Speckgürtel der Stadt vorüberschaukelten. Stromleitungen stiegen und fielen vor dem Fenster wie Sinuskurven. Eine halbe Stunde später wechselten wir vom Zubringer in die Metro, und ich sah ölige Pfützen und Mülldeponien entlang der Schienen, abgestellte Möbel, verschlungene Graffiti an den Brückenbögen, die immer fetter und kunstvoller wurden, englische Worte und Hip-Hop-Slang gemischt mit französischen Sprüchen und einheimischer Ikonographie. Wenn das hier nicht Paris war, dann waren wir eindeutig in New Jersey.

»Guck mal.« Sie zeigte aus dem Fenster. »Eiffelturm.«

Ich sah das Gebilde, das sich über den braunen und weißen Dächern erhob. Bis zu diesem Augenblick war mir überhaupt nicht richtig klar gewesen, wo wir überhaupt waren. Eine Zeitlang hätten die Gebäude von Paris die anonymen Wohnblocks jeder anderen x-beliebigen Stadt sein können, Wohnhäuser und Läden, auf deren Markisen der Regen pladderte, aber als der Zug sich in eine Hochbahn verwandelte, sah ich die Kathedralen und den Fluss, und dann waren wir auf einmal mittendrin.

»Der ist mindestens fünfzig Meter hoch«, sagte ich und versuchte, mich an den Französischunterricht in der zehnten Klasse zu erinnern. »Ich glaube, da oben gibt es sogar ein Restaurant.«

»Da wollte ich schon immer mal hin.« Gobis Stimme klang einsam und verloren.

»Zuerst in den 40/40 Club, jetzt auf den Eiffelturm.« Ein ziemlich lahmer Witz, ich merkte es selbst. »Du bist nicht gerade anspruchslos, weißt du das?«

»Ich will dort sterben.«

Ich sah sie erschrocken an. »Was?«

»Du hast mich genau verstanden.«

»Aber nicht heute.«

Sie antwortete nicht. Auch ich sagte eine ganze Weile nichts. Gobi zog das Kinn an den Brustkorb und schloss die Augen. Als sie sich wieder an meine Schulter lehnte, fiel ihr Mantel auf, und ich sah die Glock. Jeder konnte sie sehen.

»Herrgott, Gobi –« Ich wollte die Pistole zurückschieben und den Mantel wieder zuziehen, aber als meine Hand den Gurt streifte, war Gobi auf einen Schlag wieder wach, stieß mich zurück, zog die Pistole und richtete sie auf mich.

»Gobi.« Ich versuchte, betont ruhig zu klingen. »Was soll das? Runter mit dem Ding.«

Sie rührte sich nicht. Ihr Gesicht war absolut ausdruckslos, eine Alabastermaske, in der echte Augen hin und her zuckten. Ein dünnes Blutrinnsal lief aus ihrem linken Nasenloch. Ich wusste nicht, wie viele der anderen Fahrgäste mitkriegten, was sich hier abspielte, aber die uns gegenübersitzende Frau im Hosenanzug – eine Pariser Angestellte mittleren Alters, die aussah, als wäre sie unterwegs zu einem Geschäftsessen – starrte Gobi und die Glock direkt an.

»He«, sagte ich, »alles in Ordnung. Ich bin's, Perry.« Ich hob die Hände. »Du bist nur ein bisschen durcheinander. Pack einfach die Pistole weg, ja?«

Die Leute rings um uns wurden immer panischer, sprangen von ihren Sitzen auf, einer oder zwei von ihnen kreischten, alle zogen ihre Handys und drängelten sich aus dem Waggon hinaus in den nächsten. Ich versuchte, mich von alldem nicht ablenken zu lassen und meinen ruhigen Gesichtsausdruck beizubehalten.

Das Loch am Ende des Pistolenlaufs sah so groß wie der Holland Tunnel in New York aus.

Gobi führte inzwischen Selbstgespräche, irgendwas auf Litauisch, sehr leise, ein Gestöber aus Konsonanten und Vokalen, dabei zuckten ihre Pupillen so schnell hin und her, dass es aussah, als würden die Augen in ihren Höhlen zittern. Die Anspannung und Unwirklichkeit des Augenblicks wirkten auf mich, als steckte mein Kopf in einer durchsichtigen Blase, als passierte das alles auf einer anderen, von mir losgelösten Ebene. Ich versuchte angestrengt, klar zu denken, aber Klarheit war momentan nicht leicht zu haben.

Du musst mir etwas versprechen …

»Zusane«, sagte ich. »Zusane Elzbieta Zaksauskas.«

Beim Klang ihres vollständigen Namens wurden ihre Augen ganz schmal, die blinde Hysterie ließ nach, verwandelte sich in eine misstrauische Unsicherheit, aber die Pistole blieb, wo sie war. Vom anderen Ende des Waggons sahen uns die Leute mit angehaltenem Atem an.

»Du bist das letzte Ziel«, sagte sie.

»Nein«, sagte ich. »Du weißt, dass das nicht stimmt.«

Sie entsicherte die Waffe.

»Ich bin's. Perry.«

Sie murmelte noch einen Satz in ihrer Sprache, ihr Zeigefinger krümmte sich um den Abzug. Ihre Augen waren jetzt fast geschlossen, also wollte sie nicht sehen, was als Nächstes geschehen würde, aber ihre Lippen bewegten sich weiter. Es hörte sich fast an, als betete sie.

Die Stimme in meinem Kopf sprach mit absoluter Gewissheit: *Jetzt erschießt sie mich gleich. Ich werde hier in der Metro eines Landes sterben, dessen Sprache ich nicht mal spreche.* Und in diesem Augenblick fielen mir die Worte wieder ein, die Erich mir in Zermatt beigebracht hatte.

»*Zusane*«, sagte ich. »*As tave myliu.*«

Ihre Augen wurden ganz kurz größer, dann ließ sie die Pistole endlich sinken. Der Zug wurde langsamer, schob sich in den Bahnhof, und die Passagiere drückten sich gegenseitig an die Tür, um möglichst schnell draußen zu sein.

Ich konzentrierte mich voll auf Gobi. Nach einer halben Ewigkeit schien sie wieder in sich selbst zu versinken, ein ganzer Sturm an Gefühlen tobte über ihr Gesicht, und als sie mich endlich anblinzelte, sah sie aus, als würde sie weinen.

»Perry?«

»Alles ist gut.«

»Warum hast du das gesagt?« Sie blickte auf die Pistole in ihrer Hand und dann wieder auf mich. Mit Entsetzen dämmerte ihr, was geschehen war.

»Ich weiß es nicht«, sagte ich. »Ich weiß nicht mal, was es bedeutet.«

»Es ist … nichts.« Sie sah mich wieder an, und jetzt waren ihre Augen wieder klar.

Der Zug war zum Stehen gekommen. Ich schaute aus dem Fenster auf die Flut verängstigter Passagiere, die sich so rasch wie möglich von uns entfernten. Polizeisirenen waren keine zu hören, noch nicht, aber das dürfte sich bald ändern.

»Los, komm«, sagte ich. »Wir müssen sofort weg von hier.«

Ich legte den Arm um ihre Schulter, nahm ihr die Glock aus der Hand, schob sie unter meinen eigenen Mantel und wischte ihr das Blut unter der Nase weg. Sie blutete immer noch, als ich sie auf den Bahnsteig und die Treppen hinauf auf die Straße und in den Regen hinaus bugsierte.

41

»Teenagers«

– My Chemical Romance

Bis wir oben auf der Rue Oberkampf angekommen waren, wechselten wir kein Wort. Der Regen prasselte immer heftiger herab, spritzte in den Pfützen auf und bildete an den Markisen der Cafés kleine Wasserfälle. Auf der Straße waren so gut wie keine Fußgänger zu sehen. Motorroller und blaue Stadtbusse brummten vorbei und ließen das schmutzige Wasser aus den Rinnen hochspritzen. Ich kaufte einem Straßenverkäufer einen Regenschirm ab, hielt ihn über unsere Gesichter und überprüfte in den Schaufenstern, ob wir eventuell verfolgt wurden.

Auf halber Strecke zur nächsten Kreuzung kamen wir an einem Chinarestaurant vorbei, näherten uns der dunklen, holzverkleideten Fassade des Café Charbon und einem kleinen lilafarbenen Vordach gleich daneben, auf dem ich las:

NOUVEAU CASINO
CONCERTS
CLUBBING

Ich riss die Tür auf, und ein großer, hagerer, fast skelletthafter Mann, der von seinem iPod aufblickte, stand in einem gestreiften Kapuzenpulli vor mir. »*Où allez-vous?*«

»Ich muss da rein.«

»Nein. Nicht offen heute.«

»Ich gehöre zur Band.« Ich zeigte auf die neben dem Eingang gestapelten Flyer. »Inchworm.«

»Du bist …« Er sah mich an und drehte den Kopf von einer Seite zur anderen, als suchte er nach einem Blickwinkel, aus dem mein Eintreffen mit seinen Erwartungen übereinstimmte. »Diese Band?«

»Genau.« Ich tat so, als spielte ich ein paar Töne. »Der Bassist.«

Der Türsteher warf einen Blick auf Gobi, die sich an mich lehnte. Sie hatte meinen Mantel über die Schultern geworfen. Allem Anschein nach sah sie für ihn punkig genug aus, denn plötzlich zeigte er in den Gang, und wir traten ein, wollten nach hinten in den Club.

In diesem Augenblick packte mich eine Hand an der Schulter und ließ mich wie angewurzelt stehen bleiben.

*

»Hab ich's dir nicht gesagt?« Linus brüllte mich praktisch an. Unter seiner gewaltigen weißen Haarwolke standen die Adern an seiner Stirn dick hervor. »Hab ich dir nicht gleich gesagt, dass diese elende Tusse alles versaut?«

Wir standen immer noch im Eingang, kaum fünf Schritte vom Bürgersteig entfernt, Gobi und ich auf einer Seite und Linus vor uns mitten in einer Volle-Kanne-Schimpfkanonade.

»Linus«, sagte ich, »du hast von unseren Tournee-Prozenten gesprochen. Paula wollte mich im wahrsten Sinne des Wortes umbringen.«

»Sechs Prozent von der Abendkasse – da würde ich durchaus behaupten, dass sie uns alle umbringen wollte!«

»Nein, ich meine richtig, mit einer richtigen Pistole.«

»Wie auch immer.« Er machte eine abweisende Handbewegung. »Genau wie ich's den Jungs gesagt habe: Inchworm bringt diese Tournee zu Ende. Ich hab schon immer gewusst, dass Armitage ein Gangster ist. Na und? In diesem Geschäft gibt es keine Skrupel. Glaubst du, David Geffen ist ein Heiliger? Das ändert überhaupt nichts an der Sache.« Er schüttelte den Kopf. »Die Veranstalter vor Ort bezahlen uns, und wir werden spielen. Bei der ›Slippery When Wet‹-Tour damals 86, als Bon Jovi eine Bronchitis hatte, haben wir damals vielleicht den Schwanz eingezogen und sind nach Hause gefahren?«

Ich schaute an ihm vorbei. »Momentan würden wir erst mal gerne reingehen.«

Linus führte uns, immer noch vor sich hin grummelnd, in den Club. Ohne Gäste und auch ohne Lightshow und Stroboskoplichter hatte das Nouveau Casino etwas Unwirkliches. Es war ein großer, offener Raum mit Harlekin-farbenen Wänden und Decken, die aus unregelmäßigen geometrischen Formen gestaltet waren. Auf einer Seite standen ein DJ-Pult und eine rote, mit Velourleder bespannte Bar, darüber ein altmodischer gläserner Kronleuchter, der aussah, als hätten ihn die Nazis aus dem Schloss von Versailles geplündert und nach der *Libération* versehentlich hier stehen lassen.

Die Band stand auf der Bühne und machte gerade mal wieder einen Soundcheck. Als Norrie uns kommen sah, hörte er auf, seine Trommeln zu bearbeiten, ließ die Stöcke fallen und stolperte auf dem Weg zum Rampenlicht fast über seine Becken.

»Ach du Scha-Scheiße – *Perry?*« Dann, als er Gobi erkannte, hob er beide Hände in einer verzweifelten Abwehrgeste, machte einen Schritt nach hinten und wäre dabei um ein Haar in Calebs Verstärker gefallen. »Ma-Mann, nee, ehrlich!« Seine Augen waren weit aufgerissen und sein Stottern, das schon immer die grausame Tendenz hatte, schlimmer zu werden, wenn er aufgeregt war, kannte keine Hemmungen mehr. Es hörte sich fast an, als würde er rappen. »Scha-Scho-Schaff sie weg von hier, Ma-Mann. Ich di-dediskutiere nicht mal mit di-dir!! – scha-schaff sie einfach we-weg von hier, und zwar *so-sofort!*«

»Schon gut«, erwiderte ich. »Alles in Ordnung.«

»Sie-Sie ist ein ver-verda-verdammter Ku-Kugelmagnet! Ich wa-will sie hier ni-nicht haben!«

»He, da ist ja Perry, das Schnabeltier!« Sasha ließ das Mikro fallen, kam zum Eingang und warf die Arme um mich und drückte mich übertrieben fest. Er roch wie eine Mischung aus Haarpflegemittel, Cool Ranch Doritos und Coke Zero, und obwohl ich ihn erst zwei Tage vorher gesehen hatte, packte mich auf einmal ein derartig heftiges Heimweh, dass ich am liebsten geheult hätte. »Was geht, Baron von Broheim? Das in Venedig war gaaaaanz schön abgefahren, was? Was machst du denn hier?«

»Ich war grad in der Gegend«, sagte ich und fügte im Geiste hinzu: *und setze wieder mal das Leben meiner Familie aufs Spiel.*

Sasha kicherte und boxte mir gegen den Arm. »In der Gegend, sagt er … Hör sich einer diesen Sprücheklopper an.« Er grinste übers ganze Gesicht, wobei er wie ein Zwölfjähriger aussah. »He, du solltest mal mit Linus sprechen. Ich glaube, er wollte ganz dringend irgendwas, na ja, du weißt schon, irgendwas besprechen oder so.«

»Hatten wir schon.«

»Cool. Ich finde Europa so was von geil. Ich glaube, ich ziehe hierher.« Er wandte sich an Gobi und war jetzt so ekstatisch, dass sich seine Worte ohne Punkt und Komma aneinanderreihten. »Und du bist auch hier, das original *crazy chick,* das ist so was von absolut cool, weil ohne dich wäre das alles ja überhaupt nicht abgegangen, und ihr zwei seid echt niedlich zusammen, wie Sid und Nancy, bloß ohne die Drogen – hey, Caleb, Norrie, habt ihr gesehen, wer hier ist?«

»Hab's ge-gesehen«, murmelte Norrie, und Caleb, der gerade seine Strat so gestimmt hatte, wie er sie haben wollte, winkte uns beschäftigt zu, als würde das alles in seiner Garage an einem gechillten Dienstag nach der Schule passieren.

»Super!« Sasha klatschte in die Hände. »*Are you ready to rock?*«

»Nicht ganz.«

Norrie machte einen Schritt auf uns zu. »Wa-was ist denn, Perry?«

»Ich muss mit euch reden«, sagte ich, und als ich den Mantel auszog, fiel die Glock aus meiner Tasche, und wir standen beide da und starrten auf das Ding, als läge zwischen uns ein toter Vogel auf dem Boden.

*

»Nein«, sagte Norrie. »Auf ga-gar keinen Fall. *Nein.*«

»Norrie.«

»Nein. Nein!«

»Alter.« Ich hatte die Pistole bereits aufgehoben und wieder in meinem Parka verstaut, sah aber, dass Norries Blick immer wieder zu der Ausbeulung in meiner Tasche zuckte. »Ich brauche deine Hilfe.«

Wir lehnten an der Seitenwand der Bühne, während Sasha und Caleb die Set-List noch mal durchgingen. Gobi hockte neben mir auf dem Boden und hatte den Kopf in den Händen vergraben. Seit wir uns in diese dunkle Ecke des Clubs verzogen hatten, hatte sie sich weder bewegt noch ein Wort von sich gegeben.

»Lass uns einfach –«

»Mir ist d-die ganze Sho-Show egal«, sagte Norrie. »Ich wü-will einfach nicht *um-umgebracht* werden.«

»Vertrau mir, Mann, okay?«

Er sah mich nur müde und erschöpft an. Seit der Grundschule waren wir Freunde, wir hatten gemeinsam einiges durchgemacht, und ich wollte uns auf keinen Fall durch so etwas auseinanderbringen. Wir hätten zu Hause bei ihm in seinem Keller sitzen und Wolfmother hören sollen, Dead Redemption und so, über Princeton und Mädchen und solche Sachen reden sollen. Schon in der Highschool wusste ich, dass es nicht ewig dauern würde, aber ich hätte mir nie träumen lassen, dass die Bruchlandung so schnell kommt.

»Und wa-warum k-kannst du mit dem ga-ganzen Kram nicht einfach zu den Bullen ge-gehen?«, fragte Norrie und beantwortete sich die Frage gleich selbst. »Ach so, stü-stimmt ja, wa-weil du mit einer *Au-Auftragskillerin* unterwegs b-bist!«

»Hör mal«, sagte ich, »ich lasse die Bullen heute Abend herkommen. Ich will bloß so viel Rückendeckung wie möglich, falls etwas schiefgeht.«

»Du w-willst, dass Leute mit geladenen Knarren bei unserem Auftritt dabei sind«, sagte er. Es hörte sich so an, als hätte er es satt, mein bester Freund zu sein. »Schon wieder.«

»Was ist mit dem Song?«

Er sah mich verdutzt an. »Wa-was?«

»Du hast gesagt, du hättest einen neuen Song geschrieben.«

»Ist das d-dein Ernst?«

»Lass mal hören.«

»Ja-jetzt?«

Ich blickte mich in dem leeren Club um und dachte an alles, was jenseits dieser Mauern gerade passierte, ich dachte an mich und Gobi und an meine Familie, an die Chancen, die so verdammt schlecht wie nie für uns standen. »Vielleicht haben wir nie wieder eine Gelegenheit dazu.«

»Nein. Auf keinen Fall.« Er schüttelte den Kopf. »Ich ka-kann nicht –«

»Doch, kannst du.«

Norrie holte Luft, schüttelte den Kopf und drehte sich mit einem langen, verzweifelten Herrgott-das-darf-doch-nicht-wahr-sein-Seufzer um und ging wieder auf die Bühne, wo Caleb und Sasha angestrengt versucht hatten, so zu tun, als würden sie unser Gespräch nicht belauschen. Er murmelte ihnen etwas zu, schob sich hinter seine Schießbude, nahm die Stöcke, ballerte drei Takte vor, und Caleb ließ die ersten Töne aufjaulen.

Der Song – jedenfalls das, was davon schon da war – kam ruppig, unfertig, dahingerotzt, noch ohne Konturen …, und er war ohne Frage das Beste, was Norrie je geschrieben hatte. In der Hälfte der zweiten provisorischen Strophe konnte ich mich nicht mehr zurückhalten, kletterte auf die Bühne und schnappte mir den Ersatzbass, der dort stand, stöpselte ihn ein und improvisierte eine Basslinie, dann stellte ich mich vor das Mikro und lieferte die zweite Stimme für Sashas Gesang.

Als wir fertig waren, standen Gobi und Linus dicht vor der Bühne und schauten uns mit dem gleichen verzauberten Gesichtsausdruck an. Ich wischte mir den Schweiß aus den Augen und blickte an Caleb vorbei, dorthin, wo Norrie gerade den letzten Beat des Songs verklingen ließ. Er hob den Kopf und sah zu mir her.

»Und?«, stieß er hervor. »Was meinst du?«

»Ja.«

»Ja?«

»Ja.«

»Er heißt ›Bullet Magnet‹.«

Ich nickte. »Guter Titel.«

»Dachte ich auch.«

»Passt.«

Bei dem plötzlich einsetzenden Applaus von ganz hinten im Saal zuckten wir alle erschrocken zusammen.

42

»Baby Goes to 11«

– Superdrag

»Stormaire?« Paulas Stimme war in der ausgezeichneten Akustik des leeren Saals laut und deutlich zu hören. Sie hielt ein Feuerzeug in die Luft und machte die Flamme an. »*Rock on, baby.*«

Ich stellte den Bass ab und sah zu ihr hinüber. Sie trug einen schwarzen Wollmantel und kniehohe Lederstiefel, und sie stand an der Bar, gleich neben Monash in einem grauen Straßenanzug. Zwischen ihnen stand der leichenhafte Pariser Türsteher, der uns ein paar Minuten zuvor hereingelassen hatte. Er hielt die tätowierten Arme verschränkt und die Hände an den Ellbogen und versuchte angestrengt trotzig und französisch auszusehen, was bestimmt nicht ganz leicht war, wenn einem Monash eine Pistole an den Kopf hielt.

»Hör mal«, sagte Paula, »ich weiß, dass du für heute Abend schon was vorhast, aber Dad und ich haben es gerade ziemlich eilig. Hast du was dagegen, mal kurz mit uns nach hinten zu kommen? Ich habe da was, das dürfte dich absolut interessieren.« Sie drehte sich langsam um, dann schien ihr noch etwas einzufallen. »Ach, und bring doch den Freak mit.«

Gobi warf mir einen kurzen Blick zu, dann gingen wir hinter Paula her aus dem Club.

*

In einer Seitenstraße parkte ein weißer FedEx-Lieferwagen gleich neben einer Reihe Motorrollern. Der Regen hatte mehrere Stapel Müllsäcke aufgeweicht, und es roch überall nach ungeklärtem Abwasser. Paula ging wortlos um den Lieferwagen herum, machte die Hecktüren auf und trat ein Stück beiseite, damit ich hineinschauen konnte.

Und dann sah ich sie, in Echtzeit.

Drei zusammengekauerte Gestalten saßen auf dem Boden des Laderaums mit dem Rücken zur Wand und blinzelten ins Licht. Und ganz plötzlich stieg alles Mögliche in mir hoch und löste sich sofort wieder in nichts auf.

»Mom«, sagte ich. »Dad. Annie.«

Meine Mutter reagierte als Erste. Sie kroch auf mich zu und schlang die Arme um mich. »Perry, Gott sei Dank.« Ihre Stimme verriet mir sofort, dass sie sich mehr Sorgen um mich machte als um sich selbst oder Annie. Dad kniete und hielt Annie fest, wobei er ihr eher dabei half, sich im Wageninneren auf die Tür zuzubewegen.

»Alles in Ordnung mit euch?«

Dad nickte. »Uns geht's gut.« Seine Stimme klang leise, ganz anders, irgendwie gebrochen, nicht so selbstbewusst, wie ich es normalerweise von ihm gewohnt war. Seine Stoppeln verwandelten sich bereits in einen Bart, was ihn jünger, aber gleichzeitig älter aussehen ließ. »Wir sind bloß müde.«

»Annie?« Ich drückte sie fest an mich. »Alles klar, du Zwerg?«

Sie nickte. Ich spürte ihr wild klopfendes Herz. »Ich hasse dich, großer Bruder.«

»Ja«, sagte ich. »Ich hab's auch verdient.«

»Dafür musst du ordentlich was gutmachen.«

»Stimmt«, sagte ich. »Wenn das alles vorbei ist …«

»Hauptsache, es *ist* vorbei.« Ihr stiegen Tränen in die Augen. »Das würde mir schon reichen.«

»Vielen Dank, Stormaire, dass du deine Seite unserer Abmachung eingehalten hast«, mischte sich Paula von hinten ein, und als ich mich umdrehte, sah ich, dass sie die Glock, die sie an Gobi verloren hatte, durch etwas noch Hässlicheres ersetzt hatte, eine Art aufgepimpte sowjetisch aussehende Maschinenpistole, die sie auf Gobis Gesicht gerichtet hielt.

Monash hatte Gobi mit dem Rücken gegen die Wand gedrückt, direkt unter einem originellen Pariser Graffito, das Schulkinder im Ringelreihen um einen Atompilz darstellte. Von den Dächern tropfte Regenwasser herab und ließ Gobis bleiches Gesicht in allen möglichen, ungesunden Varianten schimmern. »Du hast sie uns wie versprochen ausgeliefert.«

Gobis Augen blitzten auf, ihr Blick heftete sich über Paulas Schulter auf mich wie Magnet auf Metall, und ich schüttelte energisch den Kopf.

»Nein«, sagte ich. »Warte mal, das stimmt überhaupt –«

»Du hast die richtige Entscheidung getroffen«, fiel mir Paula ins Wort. »Wer würde nicht seine Familie irgendeinem Mädchen vorziehen, das er eigentlich kaum kennt?«

»Das war nicht meine Absicht!«, rief ich, aber Gobi sah mich schon nicht mehr an.

»Diesmal entwischt sie uns nicht«, sagte Monash. Ich hörte ihn zum ersten Mal reden, wenn ich das Gebrüll in dem Koffer in Venedig nicht mitzählte. Jetzt, mit einer Pistole in der Hand, klang seine Stimme wesentlich kultivierter, ein britisches Amerikanisch, das Ergebnis von Privatschulen und Internaten, genau wie man sich die Stimme des Vaters von jemandem wie Paula vorstellen würde.

Er vergewisserte sich, dass Paula ihre Pistole weiterhin auf Gobi richtete, schob seine Waffe in ein Schulterhalfter und machte sich daran, Gobis Handgelenke mit Kabelbindern zu fesseln. »Und sie darf sich auf einen ziemlich langen Umerziehungsprozess freuen, hörst du, Zusane?« Dann sagte er zu Paula: »Wir müssen ein ganzes Reich neu aufbauen, mein Schatz.«

Gobi senkte den Kopf und murmelte etwas vor sich hin.

»Wie war das, Liebes?«

»Ich heiße Gobija.«

Die Fesseln zogen sich enger zusammen. Zuerst dachte ich, sie wollte das Gleiche durchziehen wie in Zermatt, sich ganz ruhig verhalten, bis sie eine Chance witterte, ihre Lage blitzschnell zu verändern.

Aber da hatte ich mich getäuscht.

43

»Icky Thump«

– The White Stripes

Das Geräusch, das Gobis Kopf verursachte, als er gegen Monashs Nase krachte, hörte sich irgendwie nass an, ein dumpfes Knacken, ungefähr so, als würde man eine Grapefruit in einem Jutesack zerquetschen. Monash hatte nicht mal Zeit zum Aufschreien.

Schon war sie über ihm, legte die Arme wie eine Schlinge um ihn, wickelte die Handfesseln um seinen Hals, legte ihre Hände über Kreuz und zog fest zu. In Monashs Wirbelsäule knackte etwas – etwas, das sich nach tief drinnen, ziemlich zerbrechlich und sehr wichtig anhörte, – und er stieß ein kehliges Krächzen aus. Im nächsten Augenblick fing er in seinem Fünftausend-Dollar-Anzug an zu zucken.

Gobi wirbelte herum und hielt seinen Körper vor sich, rammte ihn wie einen menschlichen Schild gegen Paula, die einen Schritt nach hinten gemacht hatte, um eine bessere Schussposition zu erlangen. Sogar ich sah, dass das nicht funktionieren würde. Die Gasse war sehr schmal und mit dem darin geparkten FedEx-Lieferwagen sogar noch enger. Sie bot Paula keinen Bewegungsspielraum, es sei denn, sie hatte vor, Gobi durch ihren Vater hindurch zu erschießen, der eindeutig immer noch am Leben war und strampelte. Meine Eltern und Annie waren wieder in den Lieferwagen gesprungen.

»Keine Bewegung!«, rief eine Stimme in die Gasse hinein. Ich drehte mich um und sah Nolan in Begleitung zweier uniformierter Gendarmen aus der Rue Oberkampf auf uns zulaufen.

*

Ich habe mir die Aufnahmen der Überwachungskameras, die zeigen, was in den nächsten neunzehn Sekunden geschah, aus mehreren Perspektiven angeschaut. Die CIA hat mich dazu gezwungen, sie in ihrem Beisein zu betrachten, außerdem ist eine Bootleg-Version davon auf YouTube zu finden, aber ich habe das alles immer noch nicht so ganz kapiert.

Ungefähr bei einer Minute wird alles ein wenig verschwommen. Dann, um 1:22 herum, sieht man Gobi herumwirbeln, die Monash immer noch wie eine spastische Marionette vor sich hält. Bei 1:29 hört man einen Schuss – aus Paulas Pistole. Er zielt auf niemanden direkt und endet als Querschläger an der Wand, wo ihn die Bullen später in einem Mülleimer dreißig Meter weiter finden; die Fahrerseite des FedEx-Lieferwagens fliegt auf und schleudert Paula zur Seite. Ich bin zu diesem Zeitpunkt nicht zu sehen, werde zeitweise von Nolan und den Gendarmen verdeckt, die immer noch weiterstürmen, bis sie merken, dass jemand schießt.

Bei 1:33 findet Paula ihr Gleichgewicht wieder, dreht sich um und gibt einen zweiten Schuss ab, diesmal etwas gezielter, aber es ist zu spät. Man sieht ganz kurz, dass sich etwas in den Lieferwagen hineinbewegt und wie die Tür zugeschlagen wird.

Wenn man die Aufnahmen bei 1:38 anhält, sieht man

im Vordergrund mein Gesicht auftauchen, das dem Wagen hinterherschaut. Mein Gesichtsausdruck verrät alles.

Der Lieferwagen ist weg.

Mitsamt meiner Familie.

Und mit Gobi.

44

»Walking Far From Home«

– Iron & Wine

Was uns hierherbringt, Gobi.

Nicht ganz, aber doch fast.

Bei allem, was in jenen letzten paar Stunden in Paris über uns geschrieben und gesendet und gebloggt wurde, offiziell und sonst wie, könnte man annehmen, dass die ganze Geschichte lang und breit dokumentiert ist. Und wenn man der Meinung ist, dass allein die Tatsachen eine Geschichte erzählen, so stimmt das auch. Es gab wesentliche Ergebnisse der Ermittlungen, die Nolans Leute der Öffentlichkeit vorenthalten haben, besonders was den Zeitpunkt angeht, als die Kugeln noch herumschwirrten und das Blut noch nicht getrocknet war, aber nichts davon hatte einen irgendwie konkreten Einfluss auf den Ausgang der Geschichte.

Letztendlich lief alles darauf hinaus:

In jener Nacht starb eine erst vierundzwanzigjährige Frau auf dem Eiffelturm.

Was das reine Protokoll angeht, sind das die Tatsachen.

Alles andere steht hier.

Das nasse Metallgeländer mit der abblätternden Farbe in dreihundert Metern Höhe ist an manchen Stellen rostig und an anderen von Millionen aufgeregter Hände im Laufe der Jahre blank poliert worden, von Besuchern, die von hier aus staunend über die Lichter von Paris blickten. Hier oben ist es so kalt, dass ich meine Fingerspitzen schon nicht mehr spüre, obwohl ich die Hände tief in den Taschen meines Parkas vergraben habe. Seit der Fahrt im Aufzug nach oben spüre ich auch meine Ohrläppchen und meine Nasenspitze nicht mehr.

Trotz der Dunkelheit und der Kälte halten sich hier noch viele Touristen auf, posieren für Fotos und machen einander in einem halben Dutzend verschiedener Sprachen auf die Wahrzeichen tief unten aufmerksam. Hier oben zu sein, lässt sie irgendwie wichtig erscheinen, als Teil von etwas, das viel größer ist als sie selbst. Sie benehmen sich wie Stars beim Foto-Shooting. Voller Stolz ziehen sie Schnuten und Schmollmünder. Sie haben Wasserflaschen und heiße Schokolade und Sandwiches aus dem Bistro dabei, Plastiktüten aus dem Souvenirladen. An den Schaltern hat es heute Abend keine zusätzlichen Sicherheitsmaßnahmen gegeben, warum auch? Die Schießerei am Nachmittag in der Rue Oberkampf war ein singulärer Zwischenfall gewesen, der Öffentlichkeit die Identität des einzigen Opfers noch nicht bekanntgegeben, jedenfalls kein Grund zur Panik in der Stadt der Lichter. Niemand hat den Behörden geraten, den Eiffelturm besonders im Auge zu behalten, denn wenn das geschehen wäre, hätte keiner von uns bis hier heraufgelangen können.

Und ich hätte dich nie wiedergesehen.

Aber jetzt sehe ich dich.

*

Du stehst zwanzig Meter von mir entfernt, wartest auf der gegenüberliegenden Seite der Plattform mit verschränkten Armen und gegen das Geländer gelehntem Rücken auf mich. Wir befinden uns dreihundert Meter über der schönsten Stadt der Welt, und du schaust nur mich an.

Wind und Regen wehen mir kräftig ins Gesicht und lassen meine Augen ein bisschen tränen, und als ich näher komme und die Tränen wegwische, sehe ich, dass du blutest. Nicht viel, noch nicht. Das Blut rinnt aus dem rechten Nasenloch über Lippen und Kinn. Von hier aus kann ich nicht sehen, ob du mich erkennst oder nicht.

»Gobi.«

Du lächelst traurig. Du sagst etwas auf Litauisch. Es hört sich wie ein Gebet an.

»Wo hast du den Lieferwagen gelassen?«

Du blinzelst und starrst mich an.

»Wo ist meine Familie?«

Deine Augen tasten mich ab, beinahe zaghaft, aber ohne mich richtig zu erkennen. Es sieht aus, als hättest du jemanden in einem Flughafen getroffen, einen alten Bekannten, dessen Gesicht dir vertraut vorkommt, an dessen Namen du dich aber nicht erinnern kannst.

»Ich weiß, dass du sie magst«, sage ich. »Ich weiß, dass du ihnen nie weh tun würdest. Sag mir einfach, wo sie sind.«

Du lächelst wieder, dann zuckst du zusammen und berührst deinen Kopf, als hättest du plötzlich schreckliche Schmerzen.

»Meine Mom, mein Dad und meine kleine Schwester Annie«, sage ich. »Du kennst sie. Du kannst dir ihre Gesichter vorstellen.«

Du schüttelst nur den Kopf.

Dann, nur wenige Sekunden später, ziehst du die Pistole.

45

»Stand Up«

– The Prodigy

Ich weiß nicht, wann die Polizei auftauchte. Ein besonders aufmerksames japanisch aussehendes Schulmädchen, die links von uns stand, bemerkte die Pistole in Gobis Hand und telefonierte, und innerhalb von fünf Minuten war die gesamte Aussichtsplattform leer.

Und dann waren nur noch wir und die Bullen dort. Gobi und ich schauten zu, wie immer mehr Polizeiautos mit blinkenden Lichtern auf die Avenue Anatole France einbogen, sich in einen Fluss aus blinkendem Blau neben dem eigentlichen, dunkleren Flussbogen der Seine verwandelten. Als die Fahrstuhltür das nächste Mal aufging, spuckte sie einen Trupp Gendarmen in kompletter Kampfausrüstung aus.

Aber als sie sahen, was Gobi mit der Pistole machte, blieben sie auf ihrer Seite der Plattform. Einer von ihnen rief etwas, und obwohl ich die zwei Jahre Französisch auf der Highschool komplett verschlafen hatte, kapierte ich sofort, was er wollte. Lass ihn gehen! Leg die Waffe hin! Hände hoch! Das volle Programm. Gobi ignorierte ihn komplett und konzentrierte sich vollends auf mich.

»*As tave myliu*«, sagte Gobi. Mit ihrer freien Hand strich sie mir das nasse Haar aus dem Gesicht. »Deine Haare werden langsam zottelig, *mielasis.*« Dann richtete sie die Pistole wieder auf meinen Kopf.

»Es muss nicht so enden.«

»O doch.«

»Sag mir einfach, was du mit meiner Familie gemacht hast. Sag mir, wo sie sind.«

»Meine Liste ist noch nicht komplett.«

»Nein, Gobi. Du bist krank. Du hast einen Tumor im Gehirn. Du kannst nicht klar denken. Wie im Zug.«

»*Au revoir.*«

»Gobi.« Ich hielt die Hände hoch. »Du musst das nicht mehr tun. *As tave myliu.*«

Etwas in ihren Augen veränderte sich, nicht viel, womöglich nur ein subtiler Lichtreflex, der sich in ihren Pupillen spiegelte. Dann küsste ich sie einfach, ohne an die Pistole zu denken, die sie nach wie vor unter mein Kinn geklemmt hielt. Ihr Mund fühlte sich so kalt wie der metallene Lauf auf meiner Haut an, ihre Lippen öffneten sich und küssten mich, die überraschende Wärme ihrer Zunge, die sich salzig und süß in meinen Mund und gegen meine Zunge schob. Die Pistole war immer noch da, bohrte sich unangenehm in meinen Unterkiefer.

»Wo hast du gelernt, ›ich liebe dich‹ auf Litauisch zu sagen?«, fragte sie.

»Erich.«

»Bist du immer noch eifersüchtig auf ihn?«

Ich schüttelte den Kopf. »Nein.«

Sie legte die Lippen an mein Ohr. »Rue Turenne 66«, murmelte sie. »Ist eine Autogarage. Sie sind ganz hinten.«

»Danke.«

»Und … Perry?«

»Ja?«

»Es tut mir leid.«

»Wa-«

Sie nahm die Pistole von meinem Kopf weg und hielt sie an den eigenen, drückte den Lauf gegen ihre Schläfe. Zu spät erkannte ich, wie alles enden würde.

»Gobi, nein!«

Sie drückte ab.

Nichts passierte.

Ich starrte sie an. Sie sah mich an.

»Noch gesichert«, sagte ich. »Du hast vergessen –«

Dann flog von irgendwo hinter mir eine dunkle Gestalt heran, prallte gegen Gobi und warf sie auf den Boden der Plattform.

*

Als ich mich aufsetzte, sah ich Gobi auf dem Rücken liegen, wie sie sich zur Seite drehte und mit der dunkel gekleideten Gestalt rang, die auf ihr saß. Einer der Gendarmen war aus der Reihe ausgebrochen, in den Regen hinausgesprungen und hatte sie umgerissen.

Gobi rollte sich zur Seite, krümmte sich zusammen und trat dem Gendarmen so fest ins Gesicht, dass er sich um hundertachtzig Grad drehte und ihm der Helm vom Kopf flog. Darunter kam ein Schopf blonder Haare zum Vorschein.

Paula.

In weniger als einer Sekunde hatte Paula ihr Gleichgewicht wiedergefunden, sich von dem Tritt erholt und griff jetzt in die Uniform, um eine Automatik zu ziehen. Sie hielt sie auf die vorgeschriebene Weise mit beiden Händen und richtete sie auf Gobi.

»Paula«, sagte ich.

Sie warf einen kurzen Blick auf die Gendarmen hinter uns. »Heute Abend habe ich euer Leben zurückgekauft – oder zumindest ein paar zusätzliche Sekunden gemietet.«

»Was soll das heißen?«

»Als die Berichte im Polizeifunk kamen, bin ich so schnell wie möglich hierhergekommen.« Ihre Augen zuckten wieder kurz zu dem Trupp Gendarmen auf der anderen Seite der Plattform, dann griff Paula in ihre Jacke und zog eine laminierte Dienstmarke an einem Umhängeband hervor. »Sondereinheit zur Verhandlung mit Geiselnehmern, Interpol.«

»Sehr realistisch«, erwiderte ich.

»Kommt manchmal ganz gelegen. Die Polizei hat Anweisung, sich zurückzuhalten, ehe ich etwas anderes befehle.«

Ich versuchte zu lächeln. Es tat nicht allzu weh. »Ich wusste nicht, dass ich dir noch was bedeute.«

»Du bist süß.« Paula atmete die Nachtluft tief ein. »Aber verpeilt wie immer.« Sie machte einen Schritt auf Gobi zu. »Zusane. Weißt du, ehe mein Vater starb, sagte er zu mir: ›Lass sie leiden.‹ Das habe ich ihm versprochen.« Paula betrachtete sie mit einem Mitleid, das an Ekel grenzte. »Aber … sieh dich nur an. Herrgott noch mal. Du bist jetzt schon halb tot. Du kannst nicht mal mehr gerade stehen. Der Krebs hat dich aufgefressen. In diesem Stadium wäre alles, was ich dir antue, der reinste Gnadenakt.«

Gobi sagte immer noch nichts. Paula hielt die Pistole auf sie gerichtet und schaute nach Südosten, auf den langen unbebauten Rasenstreifen, der sich in Richtung des Tour Montparnasse erstreckte. »Weißt du, was das ist? Das Champ de Mars.« Sie sah Gobi an. »Benannt nach dem Gott des Krieges.«

»Dann sollten sie uns beide dort begraben«, sagte Gobi.

Paula schüttelte wieder den Kopf. »Nur dich.«

Ich hob die Hand. »Paula –«

Paula drückte ab.

*

Der erste Schuss erwischte Gobi in die Brust, der zweite in den Bauch, was sie mit der Wucht eines Gewehrtreffers nach hinten gegen das Geländer warf. Sie gab keinen Laut von sich, ihr Gesicht verriet nichts von dem, was sie in diesem Augenblick gefühlt haben musste. Als würde sie den Schmerz einfach nur sehr weit weg von sich irgendwohin verstauen, an einen ganz privaten Ort, an den sie alle Schmerzen verbannte. Ich sah, wie ihre Finger nach dem Geländer tasteten, als sie versuchte, sich aufzurichten, um weiterzukämpfen, aber da schoss Paula abermals, und die Kugel traf Gobi ins linke Knie. Gobis Bein gab unter ihr nach, und diesmal blieb sie, mit den Handflächen nach oben und mit ausgestreckten Fingern, liegen.

Ihre Hände waren leer.

Paula kickte die Glock zur Seite und baute sich über Gobi auf. Ihre eigene Pistole zielte aus nächster Nähe in Gobis Gesicht. Aufgrund der Schüsse war mein linkes Ohr taub. Paulas Mund bewegte sich, sie stieß die Worte laut genug aus, dass ich sie beinahe verstehen konnte, etwas über ihren Vater, etwas darüber, dass jetzt alles ein Ende hatte.

»Lass sie in Ruhe«, sagte ich, konnte mich aber nicht hören, und erst dann fiel mir ein, dass Paula mich womöglich auch nicht hören konnte.

Ich stand auf.

*

Erich Schöneweiß zufolge muss die Hand, die beim Taekwondo ein Brett oder einen Ziegelstein zerschmettern will, mit einer Geschwindigkeit von ungefähr zehn Metern pro Sekunde auftreffen. Um eine solche Geschwindigkeit zu erreichen, muss der Taekwondo-Kämpfer auf etwas jenseits des Objekts zielen, durch das Objekt hindurchschlagen, um das Ziel auf der anderen Seite zu treffen.

Ich zielte auf Paulas Hinterkopf.

Ich schlug ein Loch in die Nacht.

*

Als Paula zu Boden ging, geschah alles auf einmal. Die Pistole fiel ihr aus den Händen, ihr Gesicht schnappte nach vorne, knallte gegen das Geländer, flog wieder zurück und drehte sich halb zu mir um, zeigte mir den Alptraum eines Zahnarztes aus Blut und abgebrochenen Zähnen. Trotzdem war es immer noch ein Grinsen.

»Wie der Vater, so der Sohn«, sagte sie. Es hörte sich ein bisschen matschig an, aber mit meinem intakten Ohr konnte ich die Worte jetzt ziemlich gut verstehen. »Dein Dad hat sich auch immer gerne ein bisschen mit mir herumgebalgt, Perry – wusstest du das?«

Ich wollte ihr sagen, dass sie den Mund halten sollte, merkte aber, dass ich erst wieder zu Atem kommen musste. Ich hatte alles, was noch in mir steckte, in diesen Schlag gelegt, aber es hatte nicht gereicht. Noch während sie redete, kroch Paula bereits auf dem Boden umher und suchte die Pistole, entweder ihre oder die von Gobi, aber es war dunkel und die Plattform war schwarz und eins von Paulas Augen schwoll bereits zu.

»Ich fand das immer sehr lustig. Du warst viel zu aufgeregt, um mich ins Bett zu kriegen« – sie wischte sich das Blut mit dem Ärmel vom Mund – »und die ganze Zeit über habe ich alles, was ich brauchte, von deinem Alten gekriegt. Frag ihn nur, Perry. Frag ihn, wie es war. Schade nur, dass du es selbst nie erfahren wirst.«

Ich ging zu Gobi und legte die Arme um sie. Ich atmete den Geruch verbrannten Kupfers von ihren Wunden, ein tiefer, nasser, verzweifelter Geruch nach versengtem Stoff und verschmorter Haut.

»Alles ist gut«, sagte ich. »Du musst nicht mehr kämpfen.«

»Perry.« Sie schob den Mund an mein gutes Ohr. »Heb mich hoch.«

»Im Ernst?«

Sie nickte. Sie war schwer, viel schwerer als ich es in Erinnerung hatte, und der Ausdruck »schwere Bürde« kam mir in den Sinn, obwohl ich vielleicht einfach nur geschwächter war, als ich es wahrhaben wollte – höchstwahrscheinlich ist es so gewesen. Ich bekam irgendwie die Hände unter ihre Arme und zog sie hoch. Ich spürte ihren rauen, abgerissenen Atem, ich spürte, wie ihre gebrochenen Rippen im Brustkorb aneinanderschabten.

Ein paar Schritte hinter uns erhob sich Paula. Durch das Blut und die Schwellung wirkte das Feuer in ihren Augen wie der Abglanz von etwas absolut Wildem, einem grellen Schauspiel von Rache und Vergeltung, das nur sie sehen konnte. Sie hatte jetzt beide Pistolen, die von Gobi in der rechten und ihre eigene in der linken Hand.

»Tut mir leid«, sagte Paula. »Für uns beide ist hier Endstation.«

Ich merkte, wie sich Gobis Schulter anspannte. Plötzlich

schwang sie ihr rechtes Bein senkrecht in die Luft und ließ es gegen Paulas Genick krachen.

Der Axe-Kick traf genau die anvisierte Stelle, direkt an der Schädelbasis, und als Paula mit dem Gesicht auf dem Boden aufschlug, lag in dem Aufprall mehr Gewicht dahinter, als sie zu Lebzeiten je mit sich herumgetragen hatte.

Ich schaute sie an, wie sie mit offenen Augen und leerem Blick dort im Regen lag.

Ich dachte an Gobi und legte sie langsam neben mir ab, fuhr ihr mit den Fingern durchs Haar. Ringsum war alles dunkel, und es regnete, und wir blieben einfach eng aneinandergeschmiegt neben dem Metallgeländer sitzen, bis die Gendarmen kamen und uns wegführten.

46

»Brand New Friend«
– Lloyd Cole and the Commotions

»Hallo, mein Junge.«

Ich saß in dem ansonsten leeren Wartezimmer des Amerikanischen Krankenhauses Paris, in dem der Fernseher lief. Ich musste den Blick nicht von der französischen Version von *The Biggest Loser* lösen, um zu sehen, wer gerade hereinspaziert kam. Agent Nolan stand mit seiner Aktentasche unter dem Arm in der Tür und wartete darauf, dass ich auf ihn aufmerksam wurde.

»Sagst du mir nicht Guten Tag?«

»Entschuldigung.« Ich drehte ihm mein anderes Ohr zu, das, mit dem ich noch hören konnte. »Reden sie hier rein.«

»Wo ist die Familie?«

»In einem Hotel«, antwortete ich. Was grundsätzlich stimmte. Meiner Meinung nach musste Nolan nicht unbedingt wissen, dass meine Eltern in zwei verschiedenen Hotels auf verschiedenen Seiten der Seine untergebracht waren. Manche Dinge musste nicht einmal die CIA wissen.

»Was ist mit deiner Band?«

»Die ist gestern mit unserem Manager nach New York zurückgeflogen.«

»Und du? Geht's auch bald nach Hause?«

»Morgen. Wahrscheinlich.« Ich griff nach der Fernbedienung.

Nolan blickte in den Flur in Richtung Operationssaal. »Wie lange ist sie schon drin?«

»Dreizehn Stunden. Sie müssten bald fertig sein.«

»Kriegen sie denn alles raus?«

»Was kümmert Sie das?«

»Verrückt, was?«

»Was jetzt?«

»Sie trägt dort oben eine schussfeste Weste, die ihr das Leben rettet, und dabei bringt sie die ganze Zeit dieser Tumor langsam um.«

Er wollte noch mehr sagen, und ich drehte ihm mein schlechtes Ohr zu. Als er das sah, kam er ins Zimmer und stellte sich direkt zwischen mich und den Fernseher.

»Hör zu, Perry. Wir haben bei unserer ersten Begegnung auf dem falschen Fuß angefangen. Vielleicht hast du auch nur eine brutale Lektion in Kanonenbootdiplomatie mitgekriegt – wer weiß?« Er zuckte die Achseln. »Was ich dich vorhin über sie gefragt habe … Ich wollte nur freundlich sein. Ich habe mich bereits mit den Neurochirurgen darüber unterhalten. Sie haben gesagt, sie liege im Koma.«

»Künstlichem.«

»Was?«

»Im künstlichen Koma. Das wird immer gemacht, um nach einer schweren Operation die höheren Gehirnfunktionen zu schützen.

»Da hat wohl jemand bei Wikipedia nachgelesen.«

Ich machte den Fernseher aus und sah ihn an. »Warum sind Sie hier?«

»Ehrlich gesagt …« Er seufzte, setzte sich neben mich und zupfte an den Säumen seiner Anzughose. »Ich möchte helfen.«

»Solange Sie nicht machen können, dass ich auf dem linken Ohr wieder höre oder …« – beinahe hätte ich gesagt ›oder die Ehe meiner Eltern retten‹ – »das, was passiert ist, ungeschehen machen, kann ich mit Ihnen nicht viel anfangen.«

»Ich habe nicht gesagt, dass ich dir persönlich helfen will«, erwiderte Nolan. »Obwohl ich so etwas im vorliegenden Fall durchaus in die Wege leiten könnte.« Er klappte seine Aktentasche auf und zog einen dicken Stapel amtlich aussehender Dokumente hervor, einige in Englisch, andere in Französisch. »Niemand weiß, wie deine kleine litauische Prinzessin den Eingriff übersteht, oder ob sie ihn überhaupt übersteht. Sogar die Ärzte sagen, dass man jetzt noch nichts Genaues sagen kann. Eins ist jedoch schon mal sicher: Am Ende steht irgendjemand mit einer gewaltigen Krankenhausrechnung da. Wir reden hier von Millionen an Reha und diesem ganzen Kram. Sie dürfte bis an ihr Lebensende verschuldet sein.«

»Darf ich raten?«, sagte ich. »Sie können das alles übernehmen.«

»Unsere Firma, ja. Wahrscheinlich.« Er beobachtete mich aus dem Augenwinkel. »Für gewisse Gegenleistungen.«

»Vergessen Sie's.«

»Immer mit der Ruhe, mein Junge. Nur nichts überstürzen. Momentan wissen wir nicht mal, ob sie es überlebt. Aber wenn ja?« Wieder ein Schulterzucken. »Gut möglich, dass sie nicht mal mehr geradeaus schießen kann. Aber dieses Risiko gehen wir ein.«

»Wie großzügig.«

»He, wie schon gesagt, wir tun, was wir können. Auf jeden Fall wollte ich dich nur, sozusagen im Sinne eines

Neuanfangs, wissen lassen, dass Uncle Sam das alles übernimmt. Egal, was es kostet, um sie wieder auf die Beine zu kriegen.« Er grinste. »Gesund und munter, natürlich.«

»Agent Nolan?«

»Ja, mein Junge?«

»Was ich jetzt sage, ist wirklich mein voller Ernst –«

»Was denn?«

»Lecken Sie mich am Arsch.«

Er klappte seine Aktentasche zu und erhob sich.

»Das ist nicht nett, Perry.« Seine Stimme war freundschaftlich, aber nur gerade eben so, als kostete ihn jedes Wort ein kleines bisschen seiner Würde. »Ich habe dir die Hand zur Freundschaft gereicht, und du pinkelst darauf.«

»Vielleicht habe ich mich nur in Kanonenbootdiplomatie geübt?«

»He, immer langsam, ist ja nichts passiert, oder?« Sein Grinsen war jetzt zugeknöpfter, schmaler, es schien die breiten Flächen seines Gesichts glattzuziehen. »Ganz egal, wer zahlt, wir sind an ihr dran. Das weißt du doch, oder? Wenn Zusane Zaksauskas hier lebend rauskommt, gibt es keinen Ort auf diesem Planeten, an dem sie sich vor uns verstecken kann. Sie gehört uns, ihr ganzes Leben lang.«

»Die Glückliche.«

Er schnaubte und ging auf die Tür zu. Was ihn aufhielt, war der Chirurg im OP-Kittel mit Maske und Haarnetz, der auf der Schwelle stand. Er sah zuerst Nolan an, dann mich.

»Perry?«, sagte der Doktor.

Ich stand auf und spürte mein Herz bis zum Hals klopfen. »Ja?«

»Ich habe leider schlechte Nachrichten für dich.«

Ich starrte ihn an, und Nolan starrte ihn auch an. Ich spürte, wie die Moleküle der Luft rings um uns zum Stillstand kamen.

»Wir haben getan, was wir konnten«, sagte der Chirurg, »aber sie hat nach der Operation nicht mehr das Bewusstsein erlangt. Es tut mir sehr leid.«

Nolan seufzte und schüttelte den Kopf, dann drehte er sich zu mir um. »Tut mir wirklich leid, mein Junge. Aber wie ich bereits gesagt habe: Vielleicht ist es so am besten.«

Nachdem er gegangen war, nahm der Chirurg seine Maske ab und sah mich an.

»Haben Sie nicht gesagt, dass Sie kein Arzt sind?«, fragte ich.

»Wie lautet der Spruch bei euch Amerikanern?« Erich pochte sich mit der Fingerspitze gegen die Stirn. »Schon, aber ich spiele einen im Fernsehen?«

»Dann ist Gobi …«

»Ihr Körper ist auf geheimnisvolle Weise verschwunden. Zumindest wird er bald verschwunden sein.«

»Dann triffst du also die nötigen Vorbereitungen?«

»Ja«, antwortete Erich. »Es ist schon alles in die Wege geleitet.«

47

»We Own the Sky«

– M83

Am Tag, nachdem Gobija Zaksauskas zum zweiten Mal in ihrem Leben offiziell für tot erklärt und ihre sterblichen Überreste von Unbekannten aus dem Leichenkühlraum des Krankenhauses weggeschafft worden waren, flogen meine Mom, Annie und ich zurück in die Staaten. Mein Dad blieb in Paris, um einen späteren Flug zu nehmen. Wie viel später, das würde sich noch herausstellen. Er sagte es uns nicht, und keiner von uns fragte ihn danach.

Als wir im Kennedy-Flughafen in New York durch den Zoll gingen, blieb Mom stehen und betrachtete den Weihnachtsbaum im internationalen Terminal.

»Wir haben Thanksgiving verpasst«, sagte sie mit einer komischen Stimme, als hätte sie jetzt erst begriffen, wie weit weg wir gewesen waren. Ich wusste genau, wie sie sich fühlte. Amerika toste laut und aufgeregt in meinem gesunden Ohr, überall rannten Leute umher und riefen laut durcheinander, wurden Flüge in einem Tohuwabohu aus Krach und Informationen angekündigt. Rings um uns war die Zeit vergangen, und wir waren wieder in ihren Fluss geworfen worden, und jetzt versuchten wir, unser Gleichgewicht wiederzufinden.

Und auf einmal war Dezember.

*

In den Wochen danach verbrachten Annie und ich viel Zeit zu Hause, wir gingen ins Kino, spielten Brettspiele, packten Weihnachtsgeschenke ein und luden Weihnachtsmusik aus dem Netz runter. Selbst die allernormalsten, allerlangweiligsten amerikanischen Alltagsdinge kamen uns irgendwie beruhigend vor, als würden sie uns fest an Ort und Stelle verankern.

Von Dad war kaum die Rede. Ein- oder zweimal erwähnte ich ihn Annie gegenüber, aber sie schien nicht darüber reden zu wollen. Also ließ ich es sein. Mom meinte, sie wolle in diesem Jahr keinen Weihnachtsbaum kaufen, deshalb sind Annie und ich losgezogen und haben selbst einen auf dem Dach des Volvo nach Hause gebracht, als Mom bei der Arbeit war. Norrie, Caleb und Sasha kamen vorbei und halfen beim Schmücken, fädelten mit uns Girlanden aus Popcorn und Cranberries auf, weil Annie das schon immer mal machen wollte. Wir probten ein paar unserer neuen Stücke und spielten sogar einige Weihnachtslieder, mit Annie als Background-Sängerin bei »Santa Claus Is Back in Town«. Mom meinte, dass es sich gut anhört, aber sie sagte es mit einer Stimme, die nicht ganz bei der Sache war und mit der sie so ziemlich alles oder nichts hätte behaupten können. Sie war sehr zurückhaltend und verbrachte zu viel Zeit alleine, aber ich fand nie den richtigen Moment, sie darauf anzusprechen.

Zwei Wochen nach unserer Rückkehr nach New York kam mein koreanischer Freund Chow in den Weihnachtsferien aus Berkeley nach Hause. Einmal kam er abends zu Pizza und Eierlikör vorbei. Natürlich hatte er alles darüber gelesen, was mir und Gobi in Europa passiert war, und konnte es kaum erwarten, mehr von mir zu erfahren. Seit wir wieder im Land waren, wurde in den Nachrichten, im Internet und auch sonst überall darüber berichtet.

Es war schön, ihn wiederzusehen, und wir blieben die ganze Nacht wach und quatschten am Kamin. Er erzählte mir, dass er seit seiner Rückkehr wieder mit seiner alten Flamme zusammen sei, »auf temporärer Basis«, was meiner Meinung nach nicht mehr bedeutete, als dass sie wieder miteinander schliefen, bis im Januar jeder wieder an seinen eigenen Studienort zurückkehrte.

»Und wie läuft's bei dir so, Alter?«, fragte er und schaute den Weihnachtsbaum an. »Wieder mal Weihnachten zu Hause, bei Kerzenlicht und dicken Kugeln?«

Nach allem, was geschehen war, war diese Frage ein ziemlicher Klopper, aber ich musste trotzdem darüber lachen. Es tat mir gut.

Ich hatte schon eine ganze Weile befürchtet, ich wüsste nicht mehr, wie man lacht.

*

Zwei Tage vor Weihnachten kam Dad nach Hause.

Er rief vom Flugplatz aus an und tauchte am Abend mit ausgewachsenem Vollbart und einer Tasche voller Geschenke vor der Haustür auf. Wie der Weihnachtsmann höchstpersönlich, nur ohne das brummige Lachen. Es ging alles sehr höflich und zivilisiert ab. Und total unpassend. Mom blieb auf ihrer Seite der Couch, er auf seiner. Als das schrägste Gespräch aller Zeiten vorbei war, verabschiedete er sich, umarmte mich und Annie und fuhr wieder ins Hotel.

Ich wollte ihm hinterherrufen: »Dad, warte.«

Ich wollte ihn fragen, was denn nun wirklich mit Paula

gewesen war. Ich wollte seine Version der Geschichte hören. Es musste doch einen Grund für sein Verhalten geben, oder?

Irgendwann möchte ich ihn erfahren.

*

»Kommst du runter?«, rief Mom. »Deine Schwester macht heißen Kakao und will sich nachher *Buddy – Der Weihnachtself* anschauen.«

Ich saß gerade am Computer. »Vielleicht später.« Es war Weihnachtsabend und trotz vereinzelter Schneegestöber und obwohl Death Cab for Cutie im Radio gerade ihre Version von »Baby Please Come Home« spielten, wollte keine festliche Stimmung bei mir aufkommen.

Ich saß vor der Online-Bewerbung für den kommenden Herbst an der Uni Los Angeles. Ich war halb fertig damit und hatte nicht mehr die Kraft, noch ein weiteres Empfehlungsschreiben ausfindig zu machen. Ich wusste, dass ich es trotzdem durchziehen musste. Es war höchste Zeit, die Zukunft in die Hand zu nehmen, sich auf ein Ziel dahinter zu konzentrieren und hindurchzuschlagen. Ich dachte mir, dass Kalifornien vielleicht weit genug weg war, um neu anzufangen.

»Ach, beinahe hätte ich's vergessen«, sagte Mom. »Das hier ist für dich gekommen.«

Ich schaute auf den Umschlag, den sie auf meinen Schreibtisch legte. Kein Absender. Eine verschmierte Briefmarke klebte darauf. Sie sah nach Fidschi aus.

Ich riss den Umschlag auf.

Es war eine Weihnachtskarte aus dem Hotel Schöneweiß mit jeder Menge Männer und Frauen in Nikolauskostümen darauf, die versuchten, beim alljährlichen ClauWau-Wettbewerb in Zermatt an einem Holzpfahl hochzuklettern. Die Innenseite der Karte war leer – bis auf vier in Großbuchstaben gedruckte Zeilen ganz unten.

NEUERÖFFNUNG UNSERES HOTELS AN NEUEM ORT.
BIS JETZT NUR EIN GAST.
SIE WÜRDE DICH GERN SEHEN, WENN DU
DIE INSELN WIEDER MAL BESUCHST.

Der Text war mit den Initialen ES unterschrieben.

Ich legte die Karte in die Schreibtischschublade zu meinem Reisepass, machte die Schublade wieder zu und ging nach unten, wo es nach heißem Kakao roch, zu Annie und meiner Mom.

Danksagung

Tausend Dank gebührt meiner Agentin Phyllis Westberg, die in all den Jahren zu mir stand, und Margaret Raymo, meiner unglaublichen Lektorin bei Houghton Mifflin. Bei Houghton möchte ich auch Betsy Groban, der Senior Vice-President und Verlegerin, sowie Rachel Wasdyke, der Werbeleiterin, danken, die beide von Anfang an nichts weniger als absolut wunderbar waren – außerdem wissen die Damen wirklich, wie man eine großartige Party schmeißt. Auf der anderen Seite des Großen Teichs danke ich der charmanten Ali Dougal, der Lektoratsleiterin bei Egmont, für ihre behutsamen redaktionellen Eingriffe und ein leckeres Mittagessen an einem kalten Novembertag in London.

Abschließend muss ich unbedingt meiner Frau Christina und meinen Kindern danken, die mich bei meiner Recherche durch Großbritannien, Frankreich, die Schweiz und Italien begleitet und mir die nötige Inspiration verliehen haben, mich dem leeren Blatt zu stellen – und den Mut, die Schwelle zu übertreten, die ich allein niemals hätte übertreten können. Eigentlich will ich damit nur sagen, dass ihr ganz einfach das Allerbeste an mir seid. Ich liebe euch, Leute.

Leseprobe aus:

Joe Schreiber

Bye Bye, Crazy Chick!

Aus dem Amerikanischen
von Anke Caroline Burger

222 Seiten
Broschur
978-3-37466-2910-0

»Hör mal«, sagte ich, als wir davonfuhren. »Tut mir wirklich leid.«

»Du solltest auf jeden Fall kämpfen lernen.«

Ich sah sie überrascht an. »Was?«

»Du hast deinen Schlag vorher angekündigt. Hat Glück gehabt, der Knabe. Du hättest ihm die Nase zu Brei schlagen sollen.«

»Ich wusste nicht, dass du eine Kampfsportexpertin bist«, gab ich zurück. »Vielleicht kann ich noch was von dir lernen.«

Gobi zuckte mit den Schultern. »Von mir aus gern.«

»Du hast ja wahrscheinlich verstanden, was er über dich gesagt hat«, sagte ich.

»Ttstt.« Sie rümpfte die Nase. »Was so ein *subinlaizys* meint, ist mir doch egal.«

»Was ist das denn?«

»Ein, ein, wie nennt man das …« Sie suchte nach den richtigen Worten. »Wie nennt man das, was Hunde machen?«

»Katzen jagen?«

»Nein nein.« Sie schüttelte den Kopf. »Ich meine, sie lecken ihre eigenen Hoden.«

»Du nennst ihn einen … Klötenlecker?«

»Was, findest du das etwa schlimm?«, fragte sie.

»Nein«, antwortete ich. »Ich wusste nur nicht, dass du solche Wörter kennst.«

»Machst du Witze? Meine Sprache ist reich an schönen Schimpfwörtern.«

»Wie was zum Beispiel?«

»Na, man könnte ihn auch … *Gaidzio pautai* nennen – das heißt Hühnerklöten.«

»*Hühner*klöten?«

»Aber wenn's nach mir ginge«, fuhr sie fort, »würde ich ihm einfach die Gurgel abdrücken, damit er keine Frauen mehr beleidigen kann.«

»Das würdest du also mit ihm machen, ja?«

»Für den Anfang, ja.«

»Du bist immer für eine Überraschung gut, was?«

»Ich hab's dir doch gesagt. Wenn der Abend rum ist, wirst du mich besser kennen.«

»Ich weiß nicht«, erwiderte ich. »Ich meine, du bist schon seit einem Dreivierteljahr da. Wieso warst du bisher noch nie so drauf?«

Sie gab keine Antwort. Ich warf einen Blick auf die Uhr am Armaturenbrett. Es war schon fast halb neun. Ich musste sie jetzt heimbringen. Aber nach dem, was gerade vorgefallen war, fand ich nicht, dass ich einfach zu Hause vorfahren und sie rausschmeißen konnte.

»Willst du, äh, noch irgendwo anders hin, wo wir schon mal unterwegs sind?«

»Ich will in die Stadt.«

»Was?«

Sie zeigte auf das Straßenschild vor uns: *New York City – 48 Meilen.*

»Du willst nach New York?«

»Das ist meine letzte Woche in Amerika, Perry. Du kannst mir die Stadt zeigen.«

»Ja, aber … wir waren doch gerade letzte Woche da.«

»Ich meine nicht zu einem Musical am Broadway mit deinen Eltern und deiner kleinen Schwester. Ich rede von Manhattan, bei Nacht, mit dir. Weißt du, was ich meine?«

»Im Ernst?«

»Sehe ich aus, als ob ich Witze machen würde?«

Ich nickte mit dem Kopf. Das konnte sich sogar positiv für mich auswirken. Wenn Gobi wirklich in die Stadt wollte, dann stand meinem Auftritt im Monty's nichts mehr im Wege, und nicht mal mein Dad konnte was dagegen tun. »Okay«, sagte ich deshalb. »Ich meine, falls du wirklich willst.«

Wir waren jetzt wieder bei uns im Ort, an unserem kleinen Marktplatz. Ich betätigte den Blinker und steuerte die linke Spur an. »Aber wir müssen erst nach Hause und das andere Auto holen …«

»Nein.« Sie griff mir ins Lenkrad. »Wir nehmen das hier.«

»Halt, was machst du da?«

»Der Jaguar, das ist doch ein guter Wagen, ja? Ist schnell, ja?«

»Ja klar«, sagte ich. »Natürlich ist er schnell, aber –«

»Also nehmen wir den.«

»Nein.«

»Hast du nicht gesagt, es wäre eine Freude, ihn zu fahren?«

»Zur Schule, ja. Nach New York irgendwie nicht.«

»Sie blickte mich an und schnalzte mit der Zunge. »*Šliundra.*«

»Und was soll das heißen?«

»Das heißt … Wie sagt man …?« Gobi deutete mit dem Kinn auf mich, da unten. »Schlappschwanz?«

»Schlappschwanz? Du nennst mich einen Schlappschwanz?«

Sie nickte.

»Hör zu, Gobi, ich werd's dir erklären. Dieser Wagen hier kostet um die achtzigtausend Dollar, und mein Vater liebt ihn wie sein eigenes Kind. Ich fahre mit dem nicht nach Manhattan, und damit basta.«

»Du tust immer, was dein Vater dir vorschreibt?«

»Wenn es um den Wagen geht, ja.«

Sie lächelte mich wieder so an wie in dem Augenblick, als wir an der Schule angekommen waren. Allerdings war ihr Lächeln jetzt anders, nicht mehr so verspielt, sondern herausfordernd. »Ich seh doch, wie er mit dir redet. Wie er dein Leben bestimmt.« Ihre Stimme wandelte sich zu einer grausam zutreffenden Imitation des dröhnenden Basses meines Dads. »Du musst dich mehr anstrengen, Perry. Eine Zwei ist nicht akzeptabel. Mit solchen Noten schaffst du's nie auf die Columbia. Und wie stellst du dir das bitte schön vor, wie willst du jemals Erfolg haben?«

Ich merkte, wie meine Lippen, Wangen und Stirn heiß anliefen. »Das stimmt überhaupt nicht.«

»Er sagt dir, was du tun sollst, und du tust es. Ständig hast du Angst, ihn zu enttäuschen. So kann man doch nicht leben!«

»Hör auf«, sagte ich. »Du kennst mich doch überhaupt nicht. Ich meine, du wohnst jetzt vielleicht seit ein paar Monaten bei uns im Haus, aber du hast keine Ahnung, wie es wirklich zwischen uns läuft.«

»Beweis es mir.«

»Was?«

»Du weißt genau, was ich meine. Wovor hast du solche Angst?«

»Darum geht's doch gar nicht. So was tue ich nicht. Verstanden?«

Sie seufzte. »Dein Vater hat doch selbst gesagt, dass du das Auto benutzen darfst, oder?«

»Ja, schon, aber …«

»Er hat nicht gesagt, *wo* du es benutzen darfst.«

Ich warf einen Blick hinunter auf das Jaguar-Kettchen, das am Zündschloss hing, und dachte daran, wie mein Vater den Schlüssel im Büro vor meinen Augen hatte baumeln lassen – mal wieder ein Zuckerbrot, in der anderen Hand hielt er die Peitsche.

Ich trat aufs Gaspedal. Das Wummern des V-12-Motors flutete wie eine Welle durch mich hindurch.

»Nur eine kurze Stippvisite, okay?«

Gobi nickte, als hätte sie nichts anderes erwartet. Dann griff sie in ihre Monsterhandtasche und zog ein BlackBerry heraus. Hatte ich sie jemals zuvor mit einem Smartphone gesehen?

Sie tippte blitzschnell etwas ein und hielt das Telefon dann hoch, damit ich die Anzeige besser sehen konnte. »Da will ich hin.«

Ich warf einen Blick darauf. »Was, in den 40/40 Club? Ist das dein Ernst?«

»Kennst du den?«

»Na ja, schon, das ist der Club von Jay-Z, aber …«

»Gut.« Sie steckte das BlackBerry weg. »Dann bring uns hin.«

»Und warum da hin?«

Sie zuckte die Schultern. »Ich hab in einer Zeitschrift was darüber gelesen. Ich will mir das mal angucken.«

»Ich bezweifle, dass die uns reinlassen.«

»Bist du immer so negativ?«

»Nur, wenn es sich um komplett Unmögliches handelt«, antwortete ich. »Davon abgesehen bin ich ein echter Sonnyboy.«

Sie lachte.

»Was?«

»Du bist lustig.«

»Freut mich, dass du mich lustig findest. Sehr viel lustiger wird's heute Abend vermutlich nicht mehr.«

»Das bezweifle ich allerdings ziemlich.«

Ich schaltete herunter und konzentrierte mich ganz aufs Fahren. Es fühlte sich gut an, mal was richtig Verbotenes zu tun; ich gewöhnte mich allmählich daran. »So, in den 40/40 Club also. Davon hast du in einer Zeitschrift gelesen und dir gedacht, das checken wir mal aus?«

Keine Antwort von Gobi. Ich warf einen Blick zu ihr hinüber. Sie hatte den Kopf an die Scheibe gelehnt und ich konnte ihr Gesicht nicht sehen.

»Gobi?«

Immer noch keine Antwort. Ich zwickte sie erst ein wenig, dann kräftiger in die Schulter. Tief aus ihrer Kehle kam ein Ächzen, dann bewegte sie die Schultern, setzte sich aufrecht hin und blinzelte mich orientierungslos an …

Sechs

Beschreiben Sie, wie Ihre Reisen Sie als Studierenden geprägt haben.
University of Florida

Eine Dreiviertelstunde später waren wir im Flatiron District und blickten die 25th Street hinunter, die mit Stretchlimousinen zugeparkt war. Vor dem riesigen, zweistöckigen Club standen die Leute hinter roten Samtkordeln auf dem Bürgersteig Schlange. Ich hatte den Laden schon in verschiedenen Magazinen gesehen, aber so nah dran war ich selbst noch nie gewesen.

»Die lassen uns niemals rein.«

»Positiv denken!« Gobi schnappte sich ihre Tasche und stieg aus. »Wir sehen uns drinnen.«

»Aber was ist, wenn …«

Doch sie war schon verschwunden.

Ich saß einen Augenblick da und betrachtete die Abertausend Lichter Manhattans durch die Windschutzscheibe, während sich hinter mir die hupenden Taxis stauten.

Der geschniegelte Typ vom Parkservice erschien wie ein dienstbarer Geist neben mir am Wagen. »Kann ich Ihnen helfen, Sir?«

»Bitte stellen Sie den Wagen irgendwo ab, wo er in Sicherheit ist«, sagte ich, nahm den Parkschein entgegen und stieg aus. Mein Miet-Smoking war mir nie zuvor so peinlich gewesen.

Mit Ausnahme des Türstehers, der mich desinteressiert ansah und eine winkende Handbewegung machte, schien er aber niemandem aufzufallen. Er wollte mir vermutlich verklickern, dass ein Minderjähriger in einem Miet-Smoking nichts vor seinem Nobeletablissement zu suchen hatte. Ich tat so, als würde ich ihn nicht sehen, und hielt Ausschau nach Gobi. Ich wollte einfach nur weg.

»Hey!«, brüllte mir der Typ an der Tür jetzt zu und winkte schon wieder, sodass ich ihn nicht länger ignorieren konnte. Die Leute sahen mich interessiert an. Ich wurde rot, bereitete mich auf den Anschiss vor und ging zu ihm. Er öffnete das Absperrseil und ließ mich durch. »Sie ist da drin.«

»Wie bitte?«

»Ihre Freundin.«

»Oh. Danke schön.«

»Halt.« Seine Hand landete schwer auf meiner Schulter. »Ausweis?«

»Ja, hab ich …« Ich holte meine Brieftasche hervor, suchte den Führerschein und wartete, während er mein Geburtsdatum inspizierte. Dann drückte er einen fetten roten Stempel auf meine Hand: UNTER 21.

»Keinen Alkohol. Und an der Bar dürfen Sie auch nicht sitzen.«

»Geht klar.«

Ich trat ein.

*

Hier drinnen war alles anders. Klang, Geruch, Licht, Musik. Lauter exklusiv wirkende Leute drängelten sich an der Bar, Erwachsene, Schickimickis, Jetsetter. Ich ging unter einem Sturm stummer Bilder hindurch, die von einer ganzen Wand voller Sechzig-Zoll-Flachbildschirme ausgestrahlt wurden, auf denen ausschließlich Sport lief. Vor mir hingen weiße Schaukel stühle mit dottergelben Polstern von der Decke, die wie riesige hartgekochte Eier aussahen. Die schönsten Frauen, die ich je in meinem Leben gesehen hatte, saßen darin, baumelten mit den Beinen und nippten an Champagnergläsern. Männer in An zügen, Riesenschränke mit Sonnenbrillen, die wie professionelle Basketballspieler aussahen, noch mehr wunderschöne Frauen, Singles, Hipster und Nachtschwärmer hatten sich um die marmornen Tanzflächen und die Treppen gruppiert.

Ich stand ein wenig blöd herum, dann entdeckte ich Gobi hinten an einem Tisch. Ich ging zu ihr, während ich mir zusammenzureimen versuchte, was sie in Gottes Namen in dieser Nobeldisco wollte.

»Wie hast du uns hier reingebracht?«

»Setz dich.« Sie schob ein hohes Glas in meine Richtung, ohne mich anzusehen. »Ich habe dir eine Cola bestellt.«

»Danke.«

»Ich bin gleich wieder da.«

»Gobi, wart doch mal – »

Aber sie war schon wieder weg, diesmal in Richtung Toiletten. Ich schlürfte meine Cola und versuchte so auszusehen, als würde ich edlen Cognac trinken. Ich hatte keine Ahnung, wie sie uns Zutritt zu diesem Laden verschafft hatte oder was als Nächstes kommen würde, aber ich hatte irgendwie das Gefühl, als wäre ich von meinen Sinneseindrücken abgeschnitten. Alles schien echt und unwirklich zugleich zu sein. Mittlerweile war es schon nach halb zehn, fast zehn. Wahrscheinlich würde ich es immer noch rechtzeitig zum Soundcheck nach Downtown schaffen, wenn ich jetzt die Zehn-Dollar-Cola bezahlte und wir die Biege machten. Solange nichts Dummes dazwischenkam.

Ich holte das Handy raus und sah noch mal nach, wie spät es war. Gobi war schon ewig weg. Drei wichtig aussehende Wall-Street-Typen an der Tür guckten in meine Richtung, als ob sie gleich rüberkommen und fragen würden, ob sie den Tisch haben konnten. Ich blickte hilfesuchend in Richtung Toilette – und sah eine schlanke junge Frau in einem hautengen schwarzen Minikleid und cooler Sonnenbrille direkt auf mich zukommen. Unter dem seidigen Stoff, der endlos dehnbar zu sein schien, schwenkte sie die Hüften wie ein Metronom. Ihr Lippenstift war so rot, dass er geradezu die Luft durchschnitt.

Sie ließ ihre Tasche neben meinem Glas auf den Tisch plumpsen. »Ich hab's mir anders überlegt«, sagte sie. »Lass uns gehen.«

Ich starrte sie an. »*Gobi?*«

»Hol das Auto.«

Ich glotzte sie immer noch an, während meine grauen Zellen verzweifelt das zu verdauen versuchten, was meine Augen ihnen übermittelten. Es war Gobi. Aber sie war es auch *nicht*. Das Schwammige, die bleiche, picklige Haut, die fettigen Strähnen – alles weg. Alles an ihr war klar und deutlich, glatt und sauber. Sie hatte ihren borstigen Dutt aufgemacht; ihre karamellbraunen Locken bauschten sich um Gesicht und Schultern. Der schmale, geschmeidige Körper, den sie unter vierzig Pfund osteuropäischer Wolle versteckt gehalten hatte, war direkt vor mir und wölbte das Kleid an den richtigen Stellen. Man konnte fast die Nähte platzen hören, wenn sie atmete. Die einzige Gemeinsamkeit mit dem Mädchen, das auf der Toilette verschwunden war, war das Kettchen mit dem halben Herzen, das immer noch an ihrem Hals baumelte.

»Was ist denn mit dir passiert?«

Sie schob die Sonnenbrille auf die Nasenspitze und sah mich mit zwei Augen an, deren stechend grüne Farbe wie Peroxid ätzte. »Du starrst mich an.«

»Tut mir leid, aber, äh … ja.«

»Ich bezahl dein Getränk. Wir treffen uns draußen.« Sie nahm ihre Tasche und warf einen Blick nach vorn, wo in Eingangsnähe mehrere nach Vorort aussehende Männer mit Anzügen, angeklatschten Haaren und Drinks in der Hand neben Frauen in kaum vorhandenen Kleidchen standen. »Park nicht direkt vor der Scheibe.«

Beim Aufstehen schlug ich mir das Knie am Tisch an, wahrscheinlich, weil ich immer noch Gobi angaffte. Dann ging ich nach draußen und gab dem dienstbaren Geist meinen Parkschein.

Als er mit dem Jaguar vorfuhr, war Gobi noch nicht zu sehen. Ich setzte mich hinters Steuer und fuhr vor dem Club so dicht an die parkenden Autos heran, wie ich es kratzertechnisch wagte. Dann zückte ich das Handy und rief den einen Menschen an, der mir garantiert glauben würde.

Es klingelte drei Mal.

»Yo, Perry?« Im Hintergrund waren Lärm und Musik vom Abschlussball zu hören.

»Chow.«

»Was geht ab, Alter? Ich hab gehört, Whittaker hat dir eins übergebraten und dann habt ihr euch einfach verpisst, bevor –«

»Stell dir vor, Chow, ich bin mit Gobi in der City.«

»Was, wo? In der Ci-tai? Wie cool ist das …«

»Nein, hör zu, weißt du, wo wir sind? Im 40/40 Club –«

»Fowty-Fowty«, wiederholte Chow ohne die Tatsache zu verbergen, dass er ein fünfzehnjähriger Koreaner war, der zu viel Rap hörte und *World of Warcraft* spielte. »Yo, verstanden. Du bist der Coolste, Perry, du bist der Obercoolste, du bist so was von –«

»Kannst du mal eine Sekunde die Klappe halten, Chow?«, sagte ich. »Gobi ist gerade vom Klo zurückgekommen, und sie sieht total verändert aus. So absolut oberhammergeil, das kannst du dir nicht vorstellen.«

»Moment mal.« Chow unterbrach sein Hip-Hop-Getue. »Reden wir hier von *der* Austauschschülerin, die wie Heidi auf Russisch aussieht?«

»Ich mach 'n Foto für dich, wenn sie rauskommt. Das glaubst du nie, wie die aussieht. Ich bin gerade vor dem Club und warte auf – »

Weiter kam ich nicht, weil von drinnen Geschrei zu hören war.

Eine Sekunde später zersplitterte die Vorderscheibe des Clubs. Scherben barsten auf den Bürgersteig und etwas kam herausgeflogen: der Körper eines Mannes mit gegelten Haaren im grauen Anzug, der auf die Kühlerhaube des Jaguars prallte. Das blutige Gesicht landete zwanzig Zentimeter vor mir direkt auf der Windschutzscheibe. Es sah aus, als würde eine fl eischfarbene Kerze darauf schmelzen.

Schreiend zuckte ich zurück und ließ das Handy fallen.

Ich versuchte gerade panisch, aus dem Wagen zu kommen, als Gobi auf den Beifahrersitz sprang und mich zurück ins Auto zog.

»Ich hab dir doch gesagt, du sollst nicht vor der Scheibe parken«, sagte sie.

Sieben

Versetzen Sie sich zurück in eine Krisensituation oder an einen entscheidenden Wendepunkt in Ihrem Leben, an dem keine normale Reaktion mehr möglich war. Beschreiben Sie das Ereignis und erzählen Sie, wie es Ihr Denken verändert hat.
Ramapo College

Ich: Immer noch am Schreien. »Da liegt ein Toter auf dem Auto! Oh Gott. Ich fass es nicht! *Da liegt ein Toter auf Dads Auto!«*

Irgendwas kniff mich aus dem Dunkeln so stark in die Schulter, dass es den Paniknebel durchbrach. Gobi grub mir die Finger direkt über dem Gelenk in die Muskeln; als ich zu ihr rüberschaute, war die Sonnenbrille weg und ihr Blick mörderisch. »Du musst den Rückwärtsgang einlegen, Perry. Damit beförderst du die Leiche von der Kühlerhaube.«

Mein Blick wanderte hinunter zu der Riesenhandtasche zwischen ihren Knien, die einzige Erinnerung an die Person, die sie noch vor einer Viertelstunde gewesen war. Die Tasche stand offen, und ich sah auf einem Kleiderbündel neben dem Black-Berry eine Pistole liegen.

»*Du* warst das? Du hast den Typ erschossen?«

»Rückwärtsgang, Perry.« Ihre Stimme war seelenruhig. »Bevor die Bullen da sind.«

Ich hantierte immer noch am Griff herum, um die Tür aufzukriegen. Ich wollte nur raus aus dem Auto, während Gobi ihr Minikleid hochzog, ein gestiefeltes Bein über die

Gangschaltung schwenkte und aufs Gas trat, während sie gleichzeitig den Rückwärtsgang einlegte.

Der Jaguar machte einen derart harten Satz nach hinten, dass mir die Zähne aufeinanderschlugen. Der Körper des Toten rollte vorwärts und verschwand von der Kühlerhaube, während Gobi das Lenkrad herumriss und wir zwischen einem ultralangen Hummer und einem Lexus hindurchschleuderten, die auf den Parkservice warteten.

»Jetzt«, sagte sie, »fahr.«

Ich schüttelte den Kopf und zappelte wie ein Fisch im Netz. »Lass mich raus! Du kannst das Auto haben! Lass mich einfach nur raus!« Wo war der verdammte Türgriff? Ich hatte bisher erst drei- oder viermal auf dem Fahrersitz des Jaguar gesessen – und das beinhaltete die Male, als ich all meinen Mut zusammengenommen, mich in die Garage geschlichen und reingesetzt hatte. Meine Finger tasteten immer noch suchend über das Tür-innere, als ich merkte, wie sich etwas Hartes, Warmes in meine rechte Schläfe bohrte. Ich roch heißen Stahl und Schießpulver aus direkter Nähe.

»Weißt du noch, wie du mir bei der PowerPoint-Präsentation für Mr. Wibberlys Wirtschaftskurs geholfen hast?«, fragte Gobi. »Da hast du doch wunderbar klar gedacht. Momentan denkst du nicht gerade klar, Perry.« In ihrer Stimme schwang eine seltsame Mischung aus Fürsorge und Schulmeisterlichkeit mit, als ob sie einem totalen Schwachkopf einen sonnenklaren Sachverhalt erklären würde. »Ich kann nicht Auto fahren. Das weißt du.«

»Wir sind hier in New York! Da braucht man kein Auto!«

Sie berührte meine Hand. »Ich brauche dich.«

Ich sah nach links und rechts. Vor dem Club strömten

die Menschen um die geborstene Fensterscheibe zusammen und glotzten den auf der Straße liegenden Leichnam an, der sich wenige Sekunden zuvor noch auf der Kühlerhaube meines Wagens befunden hatte. Einige Leute drehten sich nach uns um. Ich spürte, dass da die Pistole war, knapp außerhalb meines Blickfeldes, wie ein Selbstmordgedanke, der mir so viel Angst einjagte, dass ich ihn nicht wahrhaben wollte. »Wer bist du? Du bist doch eine Austauschschülerin! Du gehst noch zur Schule!«

»Ich bin vierundzwanzig.«

»*Was?*«

»Und jetzt fahr.« Der Pistolenlauf bohrte sich fester in meinen Schädel. »Ich sag's nicht noch mal.«

Ich legte den Vorwärtsgang ein und bog hinaus auf die Straße. Es kam mir vor, als würde mein ganzer Körper in verschiedenen Vibrationsfrequenzen zittern.

Gobi griff herüber und schaltete den Scheibenwischer ein, wodurch das Blut des Toten in einem fürchterlichen Doppelregenbogen über die Scheibe verschmiert wurde. Erst als sie anschließend Wischwasser verspritzte, wurde das Glas ein bisschen sauberer. Jetzt konnte ich vor uns die Lichter am Broadway sehen, die mit der Flüssigkeit zu blutigen Streifen verliefen. Im Rückspiegel war der stetig wachsende Menschenaufl auf vor dem 40/40 zu sehen. Und in der Ferne hörte man das lauter werdende Heulen von Polizeisirenen …